綾里惠史
Keishi Ayasato
鵜飼沙樹
illust.Saki Ukai
Fremdartorturchen
異世界拷問姬 7
U0056336
Kadokawa Fantastic Novels

✦✦✦✦【異世界拷問姬】的誕生

「被殘暴
又淒慘地
殺害的
無罪之魂啊。」

✦✦✦✦ 兩人的舞
華爾滋
「那麼——共舞一曲吧，

「我的妳。」
My Fair Lady

「欸，櫂人——
世界這種玩意兒果然還是……」

✦✦✦✦比【世界的盡頭】還要遙遠的場所

✦✦✦✦ 伊莉莎白的日記

晴天，氣溫：晴，略有涼意　與惡魔的戰鬥：有的話誰受得了啊

雖然覺得再寫下去也沒用，卻還是不知不覺拿起了筆。
成功避開終焉後，之前的日記也被寫完，紙的張數變得挺多的。
伊莎貝拉跟貞德偶而也會寫上幾篇就是了。
余覺得真虧余有辦法不厭倦地寫到今天呢。
從惡魔御柱解放的余重讀日記時，明明大發怒火將日記本從窗口扔了出去。
事到如今，余還是能鮮明地回起那傢伙動筆遺留下來的話語。
什麼「請務必保重」。
什麼「我愛妳喔」。
如果他在面前的話，余肯定一拳賞下去大喊「你這個自我陶醉的笨蛋」。
然而，無奈的是當時余無法觸及他。
小雛也真行，虧她有辦法能跟隨那傢伙。
如果是余肯定早就氣瘋了，可以說兩人是很登對的夫妻。
今天櫂人也跟小雛一起沉眠著。安穩又形影不離。
也沒有詢問余想如何回應日記裡的文字，還有臨終前的話語。
就是這點令余氣惱，以現在進行式生氣中。然而，余並不打算停筆
寫這本日記。因為或許有朝一日你們會讀到它。
唔嗯，某一天，一定會的。

今天的菜單…午餐是麵包跟燻肉，各種起士，晚上是燉雞肉。
余的反應……小雛的料理果然還是特別美味。（再來就是味道還是有點淡。）
今天的櫂人…在睡。
今天的櫂人…雖然明知這個項目其實已經可以拿掉就是了。

那麼，今天的份結束了。明天也一定還會是很相似的日子吧。

嗯，第一本跟第二本的複寫本。聽說這是瀨名．櫂人的資料呢？
不過，從中間開始就一直是伊莉莎白寫的耶。愛麗絲是明白的。
看起來沒事，其實卻很寂寞。果然得讓他們見面才行！
愛麗絲得加油才行呢！悲傷的事情維持原狀是很悲傷的。

7

綾里惠史
Keishi Ayasato
鵜飼沙樹
illust.Saki Ukai

Kadokawa Fantastic Novels

contents

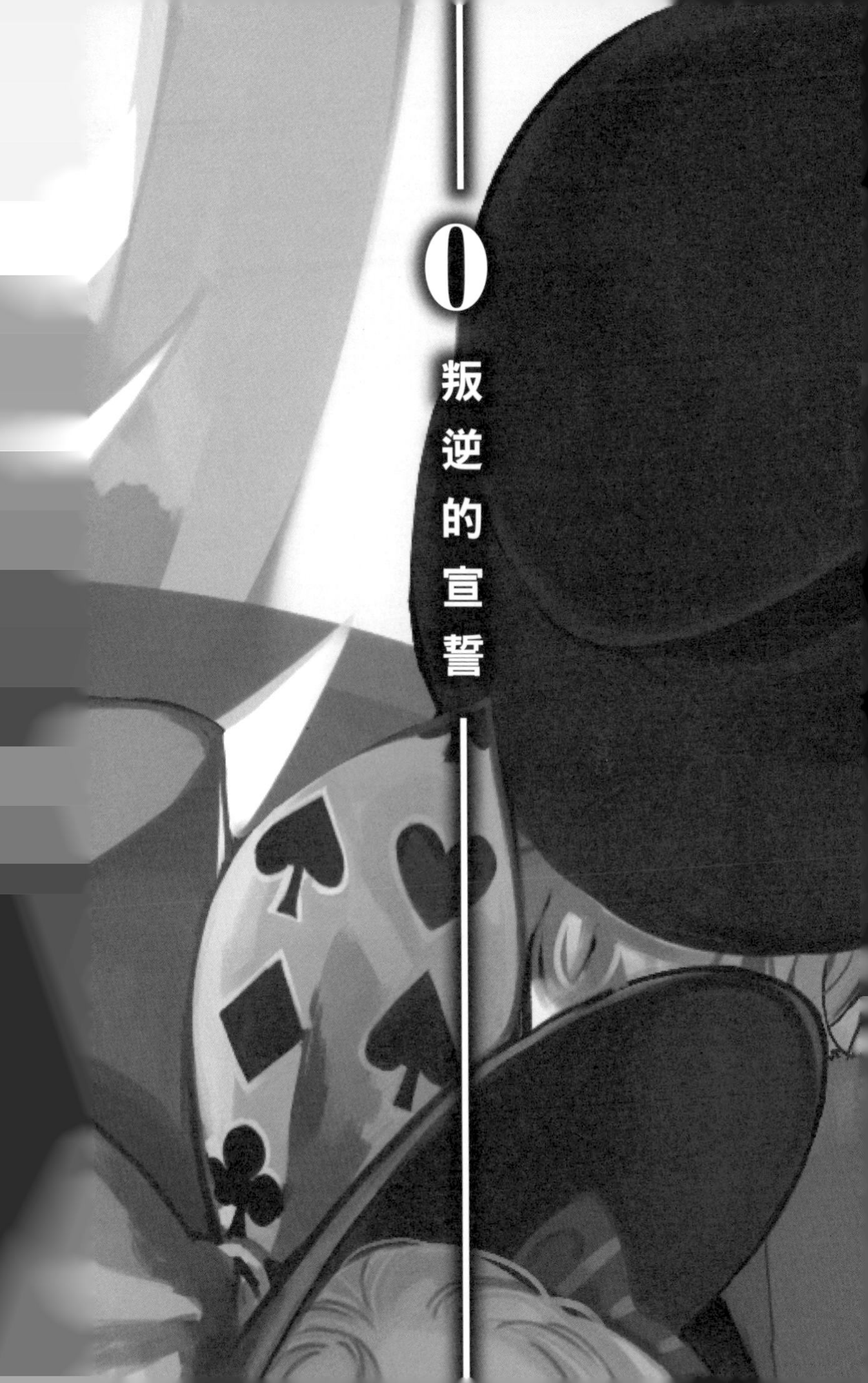

0 叛逆的宣誓

聽好，諸位！

這是吾等雌伏的紀錄。是被諸位強迫、關記屈辱人生的悲嘆控訴。是被趕上殘酷絕路的怨懟叫喊。

同時，也是讚歌。

吾等早已厭倦悲嘆了。既然如此，除了享受諸位的暴虐外別無他法。超越絕望與自暴自棄，吾等終於得到答案。然而抵達這般境界為止，吾等被迫付出莫大的犧牲。

吾等受到了何種對待，諸位甚至無法想像吧。

畢竟，活在這世上的人們幾乎都是無知又愚鈍的畜牲。然而，這也是理所當然。

擁有智慧跟理性之人，在人生裡會無數次地遇上矛盾。如果不具備愚鈍心性，就會因為糾結而心碎吧。正是因為如此，就算是為了要守護自我，生者也必須化為畜牲。

諸位是【對自身痛楚很敏感的小鳥】。

同時也是【對他人的痛苦很遲鈍的愚昧豬玀】。

諸位只看自己想看的事情，只聽自己想聽的話。這也是因為所有人都很弱小之故。

大家都只是因為害怕而已吧——然而，此事與吾等何關。

吾等不會去理解，也不可能肯定，認同云云更是令人作嘔。

確實，所有的悲劇都是個人的脆弱造成的事物吧。然而，不值得同情。

也有許多就是因為弱小才有辦法學習到的機會，從悽慘光景中應該也能領悟到些什麼。但諸位冥頑不靈地保持著無知狀態，許多人犯下究極愚蠢的行為。

那個愚昧、殘忍、由誰來原諒？為何非諒解不可呢？

只有我們不斷地，一而再再而三地被犧牲。

我曾經是這樣想的。如果世界要迎來終焉，那就這樣也是可以的。在絕命的邊界，就算面對憎惡也應該笑臉相向吧。就將吾等承受的暴虐，視為死亡恐懼造成的暫時性錯亂而加以容許吧。然而，惡魔跟神都不揮落鐵槌的時候——

就由我來揮下。

將整個世界納入掌中，然後將愚昧之徒悉數殺掉。不需要什麼意義，正義也已經死去。事到如今，有誰還會尋求這種正直的事物？反正不論我是否能夠成事，結局都不會改變。救贖之類的事物不會造訪諸位，不論是誰都一樣，就連我也是。

啊啊……然而，我有時確實會想要像個孩子般悲嘆。

如果神能夠更加大慈大悲就好了。

如此一來——

或許還有其他道路可走。

愛麗絲・卡羅

與瀨名櫂人一樣出生在現代日本，受到欺凌與虐待，最後因暴行而死去的少女。本名是結城紗良。因路易斯而轉生至異世界，被賜予身為【異世界拷問姬】的力量與角色。欠缺倫理觀，只要「父親大人」一聲令下，不論什麼事都會去做。行動理念為「為什麼別人對自己做的事情不能對別人做呢？」，是一名危險的少女。

1 新的舞臺

三年前，終焉殘酷地造訪世界。這個命運應該任誰都無法改變才對，卻被一人之手顛覆。達成那個奇蹟般偉業的人物既非英雄，也不是勇者。

是受虐待平白死去、來自異世界的轉生者。

得到第二次的生命後，原本身為異世界人類的少年得到一個又一個有時殘酷，有時尊貴的經驗，就這樣克服種種戰鬥，最後取得龐大魔力幫助了自己的重要之人。

順便拯救了世界。

以犧牲自己為代價。

背負「神」與「惡魔」，少年於【世界的盡頭】入眠了。在他的活躍下，眾生者得以平安無事。可以說最大最多數的幸運，無疑就是世界的幸福吧。

可喜可賀，可喜可賀。

這樣也行吧。

然而，就算某人的故事結束，還有其他存在會繼續延續下去。

世界延長了壽命，就像這樣依舊健在。既然如此，就會重新響起下一道開幕的鐘聲。

就是這麼一回事。

下一齣戲碼，在獸人之國公開上映。

新的舞臺是——薇雅媞．烏拉．荷斯托拉斯特的覲見大廳。

位於階梯末端的平臺，是中央處設置著王座的靜謐大空間。

左右垂掛著繡有精細刺繡的布片，大花朵的圖案替現場增添華美氣息。又重又厚的布料上演巨獸般的沉著氛圍。

平常布片後方會隱藏著老練的士兵們。然而，如今卻沒有他們的氣息。

所有人都被殺了。

王座大廳化為慘劇現場。濃冽血腥味與死亡的殘酷氛圍，搞砸了室內曾經擁有的神祕感，王座上方還發生了更加糟糕的狀況。

獸人的皇族們喪命了。

擁有純白狼頭的第二皇女，坐在王座上一動也不動。她深深地垂著頭，其身軀上方——是試圖庇護妹妹嗎——有著紅毛狐頭的第一皇女覆蓋在那兒。白色與紅色的獸毛，禮服與軍服被大量鮮血弄濕。

她們已經不會再次睜開眼睛了。

在姊妹的亡骸旁邊站著兩名人類。

「情報真正的價值，就是成為想法的導火線——三種族聯合軍的組成是一樁美談吧。然而，在種族之間共享複數情報，並且將其流出只能說是判斷有誤。特別是異世界人的可能性與惡魔肉的相關情報，應該要隱匿起來才對。」

在王座附近的黑衣男子開啟話題。

他是一名身材勻稱修長，身帶陰鬱氣息的美貌男子。然而，那張臉旁右側卻被烏鴉面具掩去，面具被截成一半，戴著它的模樣真的很奇妙。他用令人聯想到醫生或是學者的黑色衣物，密不透風地覆蓋著身體的每個角落。

男人用不合時宜、會令人聯想到老師在授課的語氣繼續說話。

「讓男女召喚低級惡魔，再破壞雙方的自我，讓他們創造出兩個孩子，接著再讓孩子們互相交配。只要不斷持續這種行為，就有可能產生既純粹又強大的惡魔。然而，這畢竟比老鼠交配還要花工夫。誠如妳所見，走到這一步為止，一共花費了三年之久。」

「不要緊的，父親大人。別悲嘆，接下來才要開始呢！」

他在長篇臺詞的最後透露出懊悔氛圍，另一名——可愛的少女在那些話語後面補上鼓勵話語。接著，她重新轉向伊莉莎白。

少女的頭髮很長，既白又豐厚，眼睛則是紅的，是先天性的嗎，她看起來缺乏色素。

「我有聽過妳的事情喔，伊莉莎白。那是相當悲傷的故事，我是這樣想的呢。就算世上沒有半個人這樣想，我還是會為了妳這樣想喲。」

少女穿著被荷葉邊與緞帶蝴蝶結妝點、有著束縛風格——卻看不太出來——的藍色洋裝。雖然可愛，「少女性」卻高到也會讓某些人覺得裝飾得太過頭了。

就算在有魔術存在的世界裡，那副模樣也可以說是從書本裡面蹦出來的。別說是服裝，就連表情都沒有真實感。少女在血腥狀況下面露微笑的模樣極為扭曲。

她極為天真無邪地輕輕伸出白皙的手。

「會讓你們見面的！伊莉莎白，就由我來讓妳跟重要之人相見！」

「……妳是何人？」

伊莉莎白只回了這句話，少女吃驚地眨眨眼。或許是重新調整好心情了吧，她拎起裙襬，展露了雖然生硬，卻很可愛的禮。

「是呢，得先報上名號才行嘛。妳也是這樣的，既然如此，我也應該這樣做。我的名字是愛麗絲．凱羅。是臭男人理想中的少女，同時也是應該被丟石頭的罪惡深重的妓女——不過，這是從『父親大人』那邊得到的名字，還有這是我自己想的臺詞。失落的本名是『結城紗良』。」

「結城．紗良？等等——那個不自然的發音……報上的名號……妳該不會是——」

「對身為【拷問姬】的妳來說……是呀，就算一樣也很奇怪呢。完全照抄很怪嘛。所以呀，身為『轉生者』的我應該這樣說才對，我呀……」

少女開心地發出銀鈴般的輕笑。

然後，少女用純潔無瑕——完全沒背負這世界的原罪——的口吻做出宣言。

「————是【異世界拷問姬】喔。」

就這樣，新的舞臺開幕了。

不論得到安穩的演員們是否如此期望。

＊＊＊

「妳說【異世界拷問姬】——新的『轉生者』？」

伊莉莎白發出聲音，確認令人難以置信的情報。除了瀨名櫂人以外的「轉生者」，除了伊莉莎白．雷．法紐還有貞德．多．雷以外的「拷問姬」。

融合兩者的存在，完全超脫了這個世界的常識。

（不是可以實現的生物。）

伊莉莎白眼前一花，感到近似於暈眩的衝擊感。然而，她卻徹底壓下了這股動搖。

伊莉莎白在身旁生成黑暗與花瓣的小小旋渦，她將手伸入其中，抽出一柄長劍。刻劃在紅色刀身上的銘文發出光輝的同時，伊莉莎白高聲叫道：

「【弗蘭肯塔爾斬首劍（Executioner's Sword of Frankenthal）】！」

就對方的角度而論，這跟自己的問好被拒絕是一樣的吧。然而，名為愛麗絲的少女卻加深笑意，沒露出半點不悅的模樣。男人把手指放到自己的下巴前端，輕撫面具跟肌膚的交界處。

「『從事此等行為之際，就讓妳自由行動吧。願神成為妳的救世主。不論是起始或是過程跟終結，均在神的掌握之中』。外觀跟刻在上面的銘文也跟情報一樣……雖是初次目睹實物，它卻不可思議地讓人沒有那種想法。」

「原來如此，知道余之劍嗎？不過，就算耳聞許多知識，也無法知曉其鋒利度。你看起來是愚笨之人，就特別允許你吧——余會給好給滿，毋須客氣好好享受吧。」

伊莉莎白凶惡地撂下話語，黑衣男子用有著學者風範的奇妙沉著模樣點點頭。

他向後退一步，輕推愛麗絲的背。走向前方後，她雙頰染上紅暈。

「哎呀，父親大人？我可以出場嗎？哎呀，真的呢！好開心喲，呀！」

「『擺錘（Pendulum）』！」

伊莉莎白瞬間轉為攻勢，她伸指比向天花板。

黑暗與花瓣高高捲起，紅與黑的中央吐出巨大鎖鐮。利刃因墜落的力道擺向後方，卻在猛然撞上牆壁前嘎然而止。凶惡的擺錘返回前方。

也就是朝向愛麗絲那邊。

利刃用著就距離而論應該不可能實現的加速度逼向愛麗絲，數條鎖鍊也朝她的背部急奔而出。愛麗絲．卡羅不但會被砍成兩半，還會遭受穿刺刑——原本應該是這樣才對。

然而，血花並未揚起，周圍一帶依舊安靜。伊莉莎白瞇起雙眼。

愛麗絲與男人的身影，突然從階梯的末端消失了。相對地，那兒滾落著一顆又黑又巨大的蛋。它似乎用有著光澤感的殼彈開了所有攻擊，蛋裡面響起稚幼的聲音。

「『蛋男（Humpty Dumpty）』——一旦破掉，就算國王的兵馬全員到齊也無法恢復原狀。不過，只要『不從圍牆摔下來』，它就不會破掉喔。」

「唔，不曾耳聞的音律與奇妙的文字對仗，這也是異世界知識的影響嗎？」

「是的，這個呀，就是我作為『異世界拷問姬』的原形，那個故事的——呃，嚇、嚇我一跳！是要幹嘛啦，我真的大吃一驚耶！呃，呀啊！」

愛麗絲發出悲鳴，因為蛋被石材做的「頸手枷」抬了起來。

伊莉莎白完全無視它本來的用途，試圖用這個方式讓蛋掉落。

愛麗絲似乎相當驚訝。她與男人一同破殼衝了出來，而且愛麗絲也撒出花瓣彈開鎖鍊的追擊，男人依然一派從容。然而，愛麗絲卻瞪大雙眼。

伊莉莎白預測兩人的著陸地點，並且在那邊也準備了針山。

「讓余輕輕刺一下，就此結束吧。」

「咦、咦咦，要做到這個地步嗎？真是的————！嘿！」

愛麗絲在情況變得如同伊莉莎白所料之前畫了一個圓，完成的不是黑暗與花瓣的旋渦，而是狀似兔子巢穴般的黑球。她從裡面拉出一張會在茶會上用到的桌布。那是一張有著格紋花樣的布，愛麗絲輕輕覆蓋住針山，下方的地板恢復平坦。

咚的一聲，她與男人著地了。愛麗絲擦拭冷汗，調勻呼吸。

「呼、呼……我、我說啊，伊莉莎白。妳比我大上許多，我覺得對淑女(Lady)來說，這種偷襲有點那個喲。妳的父親大人沒有罵妳幾句說這樣很野蠻嗎？呃，喂！好好聽我說話啦！」

「什麼罵不罵的……余的養父可是偷襲超贊成派的混帳畜生邪魔歪道……該不會，妳用空手擋下來了嗎？打從剛才便是如此，雖然言行脫線，應對速度卻很快。」

「哎呀，我是被當成笨蛋了嗎？還是被誇獎了呢？」

「雖然氣惱，不過兩者皆是，蠢材！」

伊莉莎白發出咂舌聲。在這段期間內，她依舊將力道持續灌入自己揮落的長劍。

愛麗絲著地的瞬間，伊莉莎白就飛奔衝過階梯，試圖斬下她的腦袋。然而，愛麗絲卻用單手擋下銳利的一擊。被蛋彈開，接著又跑回原處的「擺錘」也是如此。

現在，愛麗絲墊著腳尖，用雙手抓住兩種利刃，她甚至還滑稽地全身發抖。然而，那副模樣卻毫無空隙到令人感到詭異。

那不是普通人做得到的防禦法。

「——哼！」

伊莉莎白放開【弗蘭肯塔爾斬首劍】，她踹向劍柄末端，朝後方做了一個空翻。在階梯中間著地後，她再次跳躍回到原處。

愛麗絲沒有追上來，臉上仍然掛著笑容。伊莉莎白反芻著她報上的名號。

（——「異世界拷問姬」。）

看樣子這並不是令人不悅的玩笑話。

雖然一切的一切都像是惡夢就是了。

＊＊＊

（那麼……該怎麼做呢？）

伊莉莎白窺探後方的狀況，琉特與其他部下們依舊僵在原地。

突如其來的慘狀、皇女之死、男人的話語，一連串的狀況似乎讓他們維持著混亂狀態。

判斷愛麗絲不會追擊後，伊莉莎白彈響手指。依舊被愛麗絲抓著的劍刃變回花瓣。

在那瞬間，愛麗絲將它塞入嘴裡。舔舐嘴唇後，她抹開血痕。

簡直像是貓吃完老鼠似的。

「嗯，好甜呢！像甜點一樣呢，伊莉莎白。是呀，像是餅乾或是糖果似的！雖然這個世界的砂糖很貴就是了……欸，妳喜歡哪一邊呢？」

「你們的目的是什麼？」

愛麗絲的話語是胡言亂語，伊莉莎白不理會她，逕自詢問男人。

她開始在交戰中察覺到不對勁。與過去襲擊而來的惡魔契約者不同，男人身上可以發現一些「隱約不太自然」的地方，但並不是看起來很善良的外表。

就只是很滑稽。

（異常沉著這一點也令人感到不一致，與至今為止的人們眼神不同。）

他的眼神冰冷且乾燥。感情這種事物已從那對眼瞳中乾枯了。男人沒享受現狀，也不感到開心，也沒對殺害跟施虐行為感到愉悅、亢奮，或是動搖。

只能說與慘劇現場很不相稱。

男人沒有回應，伊莉莎白重複提問。

「『將習慣疼痛的異世界人靈魂放進不死之軀，再讓那個人與惡魔訂下契約，接著再將攝取惡魔肉、凝聚大量痛苦之人的心臟放進去，就能以這種方式人工製造出【世界的變革者】』你發現了這件事——那麼，要怎麼做呢？要對世界進行變革嗎？」

「真是奇怪的發問。我反過來問妳，妳對自己的話語不感到疑惑嗎？刻意創造出【世界的變革者】，如果目的不同的話是想幹嘛呢，真是莫名其妙。」

男人扭曲單眉。明明對針山毫無反應，卻對蠢問題感到不悅。

這樣說也有道理——伊莉莎白點頭表示同意。男子的模樣就是奇妙到讓她忍不住想這樣詢問。從他身上看不到慾望與熱情，恐怕也跟野心與支配慾無緣吧。

（這種人物居然主張世界的變革，再蠢也要有個限度。）

雖然暗自咒罵，她仍是開始列舉數不盡的疑問。

男人的目的是【世界的變革】。然而，其具體性的內容不明。他也沒有熱情，不惜對皇女等人揮下凶刃也要達成的動機也是一個謎。避開暗殺，留在現場的理由也不得而知。

先問問這些問題吧，伊莉莎白為此開了口。

幾乎在同一時間，背後響起低沉聲音。

「……就為了這個目的，你就對兩位大人下了手嗎？」

「琉特，你回過神是再好不過。然而，如今要慎重行事。你先恢復冷靜吧。」

「是在說為了這種不著邊際的無聊夢想，就殺掉了尊貴的皇女殿下嗎！」

琉特貫注業火般的怒意如此大吼。伊莉莎白面向前方，就這樣朝旁邊伸出手臂。她擋下了琉特的突進。千鈞一髮地停下腳步後，他發出低吼。

黑衣男微微歪頭。是習慣嗎，他一邊輕撫自己下巴前端的交界處，一邊做出回應。

「你有所誤解，希望訂正一下。並非兩人。既然如此，是幾人呢……愛麗絲？」

「記得父親大人有說是一百八十七名喲！其中有二十名是狐狸的隨從呢！」

愛麗絲用活潑的聲音回應。就像在誇獎愛麗絲是好孩子般，男人用手指輕撫她的臉頰。

一百八十七，其中有二十是狐狸的隨從。

（——這是什麼數字？）

伊莉莎白瞇起眼睛。雖然明白話語的不祥感，卻沒能掌握事態。另一方面，琉特等人咻的一聲倒抽一口涼氣。這回他們的理解速度似乎超越了她。

「一百，八十，七……其中有二十……也就是說——」

「怎麼了，琉特？連你們都……是對何事如此吃驚？」

「因為一百八十七名——那是除了吾等以外，薇雅媞．烏拉．荷斯托拉斯特大人本邸工作人員的所有人數。」

以白黑斑點的短毛自豪、有著一顆狗頭的部下如此回應。他是以冷靜氣質為傲的雄性。如今其聲音卻微微顫抖著。伊莉莎白立刻回頭仰望黑衣男。

他緩緩點頭，用甚至令人感到齟齬的沉穩態度補充說明。

「理解的速度可說值得讚許。不論是對何種內容，腦袋靈光都令人感到欣喜。正是如此，在這座宅邸內還活著的人——更正，是吾等放過一條生路的人，就只有治安維持部隊隊長伊莉莎白．雷．法紐，以及與她同行的部下。」

換言之，除了諸位之外——其餘之人都全滅了。

至此，伊莉莎白・雷・法紐總算是理解了。

明白他們正置身於遠遠超過料想的惡劣狀況之中。

＊＊＊

（意思是說不讓余這個「拷問姬」有所察覺，成功地殺害包含警衛武人在內的所有人？這有可能嗎，少鬼扯了！……然而——）

伊莉莎白壓住額頭。男人看起來不像是在說謊。的確，就算試著搜尋，宅邸內也沒有人在移動的氣息，而且就算讓伊莉莎白等人動搖也沒有好處。

就現狀而論，殺光所有人的宣言也沒有質疑的空間。她淡淡地接受事實。

突然，她自然而然地回想起熟悉的面容。

廚師每天早上都會準備餅乾，女官們會細心地整理房間，武人會前來造訪商量鍛練事宜。然而，伊莉莎白他們並沒有特別親近。「拷問姬」是稀世的大罪人，不知何時會重回被驅逐的立場，因此她避開了交流。

即使如此，是受到女主人「賢狼」薇雅媞的影響，以及感念瀨名櫂人之恩的心情嗎，獸人們舉止有禮又親切。在伊莉莎白的記憶中，他們總是面帶微笑。

也就是說，伊莉莎白每天都被他人笑臉以對。

（但是——那些人幾乎都死了。）

甚至來不及道別，就輕易地死去。

而且，再也無法說到話。

伊莉莎白感到胸口竄出一陣悶痛，但她立刻捏扁脆弱的情感。

屍體什麼的，只是自己在過去親手高高堆疊起來的玩意兒，事到如今還有所動搖實在荒謬又過於滑稽。而且在現況下，後悔跟悲傷都有如灰塵般派不上用場。

（幸好薇雅媞專屬的治療師們，作為慈善活動的一環被派去各地……可以說是免於損失了有用的人材。琉特的妻子應該也在其中。）

伊莉莎白在腦內進行生存者的確認。

在這段期間內，獸人部下們依舊發著抖。雖然很快就掌握到了事實，卻似乎因為受到強烈衝擊而麻痺了。只不過，他們的頭蓋骨裡面正熬煮著即將爆發的激烈情感吧。

另一方面，黑衣男一派悠然地繼續說話，連一點感到內疚的樣子都沒有。

「諸位的理解無誤。然而，『不著邊際的無聊夢想』的這種表現方式希望能夠訂正——原來如此，的確，諸位將許多危機作為現實之物加以克服了。」

「對呀！就像在故事裡跟勇者大人一同戰鬥的國家居民呢！」

「愛麗絲，如果妳真心要『以淑女為目標』，就該謹言慎行。如今在說話的人是我，不可以插嘴——明白嗎？」

被黑衣男如此勸誡後，愛麗絲鼓起雙頰。是要代替說話嗎，她在原地轉起圈子。愛麗絲有如花朵般展開藍色裙子。男人無視謎一般的行動，開口說起話。

「第一個危機是，弗拉德．雷．法紐率領的十四惡魔的叛亂。第二個是『拷問姬』的登場。第三個是——諷刺的是，是在她的活躍下成功捕縛弗拉德之後——討伐作鳥獸散逃亡的十三惡魔。第四個是避開了『早已安排好的終焉』。一連串的大型戰役尊貴無比，連我都不得不認同。如今的『這個』雖然是粗暴又可恥的手段，卻也是重大的一步。至於是為何嘛，因為為了救世而抗戰的背後，產生了需要【世界變革】的悲劇，所以才導致了這個結果。」

「原來如此，余充分地了解了……你也跟弗拉德一樣，是說起話很麻煩的那種人。更簡潔明瞭地說出應該要說的話吧，不准在那邊嚼舌根說廢話！」

當事者弗拉德如果聽見這番話語，果然還是會長篇大論地發表意見，說把他跟對方視為同一類人令自己大感心寒吧。然而，伊莉莎白瞬殺了擅自浮現在腦海裡的養父身影。她率直地表現出怒意。

男人輕撫下巴跟面目的交界處，他依舊用沉著的模樣點點頭。

「的確，我的話語並不精確。然而，我也希望妳能理解我『刻意而為』的那一面。為了詳細進行說明，我希望能夠換個地點。這個提議也跟我放妳一條生路的理由有關係。伊莉莎白．雷．法紐，對我們而言妳是『應該要談一談的對象』。」

「──『應該要談一談的對象』？」

伊莉莎白皺起眉毛。獸人等同於她的同胞，自己跟將這些人虐殺的對象無話可說。然而愛麗絲卻有如白兔般蹦蹦跳跳，並未察覺到侮蔑視線。

「對呀，對嘛！我們應該談一談的！因為我們應該能互相理解才對啊！我有說過吧，伊莉莎白？說過會讓你們見面的！妳也可以抱著期待喲。因為父親大人跟我都很厲害！沒問題的，我一定會讓妳跟重要之人見到面！」

「這是第二次了，愛麗絲。請適可而止，保持自重。如今在說話的人是我，而且……」

男子再次告誡愛麗絲，伊莉莎白踹向地板。

呃──琉特發出聲音，男子淡淡地接著說道：

「對現在的伊莉莎白而言，妳的話語只會帶來她勃然大怒的結果吧。」

伊莉莎白一邊奔馳，一邊抽出【弗蘭肯塔爾斬首劍】。

她朝男人的脖子揮落劍刃。

＊＊＊

「──你想做什麼？」

提問與尖銳嘰響重疊。黑暗與爆發般的速度擴散，再次擋下長劍。

只要遲個一秒，男人的腦袋就會飛舞在半空中吧。防禦得很漂亮，然而操縱黑暗的愛麗絲本人卻楞在原地。看樣子她並沒有思考，只是反射性地做出行動而已。

「你想對沉眠的權人——做什麼？」

伊莉莎白平平淡淡地不斷將力道貫入長劍，黑暗發出壓輾聲。是認為機不可失嗎，有著郊狼腦袋的新人一邊大喊著新隊長殿下，一邊衝了出去。他為了上去助勢而準備伸腳踏上階梯——卻縮起尾巴退向後方。伊莉莎白的殺氣就是如此強烈。

「拷問姬」的重要之人，這世上僅有一人。

正確地說是兩人。然而，如今「他」跟「她」難以分離地在一起。

（就像是一隻溫柔的生物似的。）

對於向兩人伸出血腥之手的人們，伊莉莎白無意讓他們活著，連選擇手段以符合「拷問姬」名號的意願都沒有。處以極刑，死刑，殘殺。

究竟是有沒有理解事態呢，男人在黑暗另一側發出氣定神閒的聲音。

「我就表示贊同吧，妳的怒火很合理。如果考慮到妳的情感面，不得不說方才提示情報的方式欠缺考量，因此我方就道歉吧。愛麗絲，錯的人是妳，請道歉吧。」

「咦，咦咦？可、可是，父親大人。這個人現在，打算殺死父親大人喲？事情明明是這樣，卻是我嗎？是我這邊，要道歉嗎？這果然很奇怪耶，奇怪到不行喔！」

「現在是現在，剛才是剛才。做了壞事的時候，就必須謝罪才行。請道歉。」

男子斬釘截鐵地如此斷言，愛麗絲緊緊抓住裙子扭曲唇瓣。然而，她還是低下了頭。妝飾藍色帽子，狀似兔耳的白色蝴蝶結也啪噠一聲倒向前方。

「對不起，伊莉莎白。失禮的是我這邊，請妳原諒。」

「妳有資格這樣說嗎？」

伊莉莎白撂下話語，但她的殺意卻略為受挫。畢竟荒誕的是，這兩人很認真。他們極認真地進行著像是搞笑劇般的對話。

特別是「做了壞事的時候，就必須謝罪才行」的話語，似乎是男人出自內心的諫言。

（也就是說，這個男人並不認為「宅邸內的虐殺」與「殺害皇族」是做壞事。）

他的思想，包含倫理面在內都產生了致命性的破綻，伊莉莎白有了這個深切的體悟。另一方面，男人發揮了有如要庇護不成材弟子的認真態度，聲音的位置改變了。

看樣子他也一起低下了頭。

「如妳所見，可以原諒我們嗎？而且我們也想得到妳的理解。除了『讓你們見面』以外，愛麗絲什麼也沒說。無須曲解，我可以保證妳擔心的狀況不會發生。既然如此，『再會』應該也是伊莉莎白・雷・法紐的願望才對。」

「別擅自認定我的願望，令人生氣。」

「然而，悲劇就是悲劇——能夠不這樣結束比較好。」

（……什，麼？）

男人真摯地繼續訴說。伊莉莎白感覺到違和感，因此皺了眉。

在不知不覺間，他的聲音透露出情感。突然表現出來的「人性」碎片很詭異，卻也很溫柔又誠實。悲切的聲音與語調令伊莉莎白感到耳熟。

她不由得聯想到某人。察覺到該名人物的瞬間，伊莉莎白僵在原地。

（偏偏，是他！）

是瀨名櫂人。

男人的口氣跟他的語調極其相似。在真摯情感的深處，寄宿著打從心底對弱者發出的同理心與同情。那也是被狠狠傷害過的人才能擁有的陰影。然而，為何——

「對余發出那種聲音，那種話語？」

「很簡單，這是因為……」

正要接下去說話時，男人模糊了語尾。至今為止連一次都不曾有過、如同迷惘般的沉默持續著。

男人低喃「妳會生氣吧」。然而，他有如在說自己早已做好覺悟般，果斷地做出斷言。

「因為妳是被徹底剝奪一切的弱者，伊莉莎白。」

「『針之味（Hedgehog）』！」

「拷問姬」立刻彈響手指，她用數百枚細針，代替回應般地扔向男人。

無數金屬音接連響起，伊莉莎白釋出的針悉數被黑暗彈開，如她所料。

也就是說，剛才那一擊只不過是為了發洩怒火。只要不連續動用大招，或是趁其不備偷襲，就打不破黑暗吧，伊莉莎白察覺到這件事。只不過，華麗的連擊條件嚴苛。不能將皇女等人的屍骸捲入拷問器具中。獸人拘泥於遺體。情況本來就已經很危急了，再做出蔑視種族價值觀的行為很危險。然而，怒意卻沒有消退。

（能原諒嗎……不可能原諒的吧！）

【那麼，在賭上救世目的的戰役最後──

伊莉莎白・雷・法紐有留下什麼嗎？】

這正是不能向伊莉莎白提出的禁忌問題。

在戰役的最終，如同虛幻般存在著的安穩時光喪失了。就算沒化為言語，深深喜愛著的人們也都消失了。但是，她自己被守護了下來，世界得到拯救，一切都獲救了。

可喜可賀，可喜可賀。

最大最多數的幸運，無疑可說是世界的幸福吧。

（所以又，那怎麼樣！）

伊莉莎白・雷・法紐已經什麼也沒剩下了。然而，她卻不能承認自己「被徹底奪走了一切」。伊莉莎白被「他」拯救了。既然如此，她就沒被剝奪，而是被賜予。雖然明知這自我暗示，她也只能如此盲信。

不這樣做的話，「他」微笑的意義就會不復存在。

瀨名櫂人的，臨終前那個表情的意義。

正是因為如此，伊莉莎白用結凍般的語調做出宣言。

「完全沒有商量的餘地喔——給余立刻去死。」

男人在黑暗的另一側。他看不見伊莉莎白的行動。如果是現在的話就有可能——如此判斷後，她將劍刃收至胸口。伊莉莎白保持無聲狀態，決定好劍尖前方的位置。令魔力壓縮後，她釋出突刺。黑暗破碎四散，然而，並沒有貫穿血肉的手感。

取而代之的，是與兵刃激烈互擊聲相異的金屬聲響。

「——哦？」

「『差不多該自重了』，伊莉莎白……妳不是淑女，而是壞孩子嗎？」

黑暗碎片有如鏡子破掉般啪啦啪啦地四散掉落，其另一側裸露而出。

是在那瞬間進行移動了嗎，愛麗絲站在黑衣男面前。

荒謬的是，她手中緊緊握著茶匙。

＊＊＊

「原來如此……看起來像呆子卻挺行的。」

伊莉莎白簡短地點頭，愛麗絲用銀餐具的圓滑曲線卸開劍刃。考量到原本的耐久度，是不可能做到這種技藝的。愛麗絲搖曳白色蝴蝶結，抬起臉龐。

紅色雙眸裡燃燒著異樣的焦躁感，她大聲叫道：

「不能就這樣招待壞孩子來茶會！既然如此，該怎麼辦呢？我有一個好主意喲！把手腳都扯掉，只留下用來說話的嘴巴吧。蛋糕跟紅茶都由我來送到嘴邊。如何，伊莉莎白？討厭這樣就說對不起嘍？」

「哈，沒教養的小鬼談論淑女，實在可笑。話說回來，余也並非淑女就是了——蛋糕跟紅茶就給那邊的豬玀吧，誰要跟你們品茶啊。」

「不反省呢！不反省呢，伊莉莎白！我明明都說對不起了，這樣很奇怪不是嗎！明明比我還大是個姊姊，這樣好狡猾喔！狡猾到不行！」

愛莉絲稚氣地用力跺腳。不知為何，帽子的白色蝴蝶結也有如威嚇般挺得筆直。伊莉莎白再次用鼻子發出哼笑。愛麗絲淚眼汪汪，來回揮舞茶匙。

「妳這個笨蛋，壞孩子！我說啊，伊莉莎白。壞孩子會被沉進浴缸，還會被揍上好幾百次，然後纏上膠帶裝進垃圾袋……然後，然後，變得更加淒慘喔！這麼一來，不管道什麼歉別人都不會聽的！」

「膠、帶？那是啥啊……不，等一下，該不會……」

伊莉莎白皺起雙眉。愛麗絲的聲線因迫切的緊張感而繃得死緊。為了詢問自己想的事情，伊莉莎白張開嘴。然而在那之前，愛麗絲卻大叫了起來。

「真是的，像這樣的話，妳也會跟世界上的人一起死掉喲！」

「愛麗絲，不好意思在妳跟『朋友候選人』『溫馨地』打鬧時開口打擾，不過……」

黑衣男忽然對愛麗絲提出諫言，她鼓起雙頰仰望他。不滿化為淚水，幾乎就要掉落，男人有如安慰般凝視那對眼眸。

「──時間到了。」

愛麗絲率直地將視線望過去。在那瞬間，她短短地倒抽一口涼氣。伊莉莎白跟獸人部下們也同樣說不出話。男人的手腕，被誰都沒有料到的人物一把抓住。

「……咦，是騙人的吧？」

「不是，騙人的……嗯，正是如此。有什麼，騙人的東西，嗎？」

顫抖聲音回應愛麗絲的低喃。「她」每說一句話，被薄布裹住的胸口就會噴血。曾是純白色的毛變得更濕更濃，生命顯而易見地不斷減少。

即使如此，「她」仍是朝伊莉莎白跟部下們露出微笑。

「我，還，活著，呢。」

薇雅媞．烏拉．荷斯托拉斯特。

是眾人認為已經命喪黃泉的獸人第二皇女。

Lewis

路易斯

愛麗絲·卡羅的「父親大人」，也是讓結城紗良從異世界轉生，並且賜予名字的人物。藉由王都「大王」戰役的情報製造出「惡魔之子」，重複進行殘酷的實驗，製作出更強力的惡魔，再使用那些血肉造出【異世界拷問姬】。是一名為了目的不擇手段，相較之下卻欠缺野心的謎樣人物。

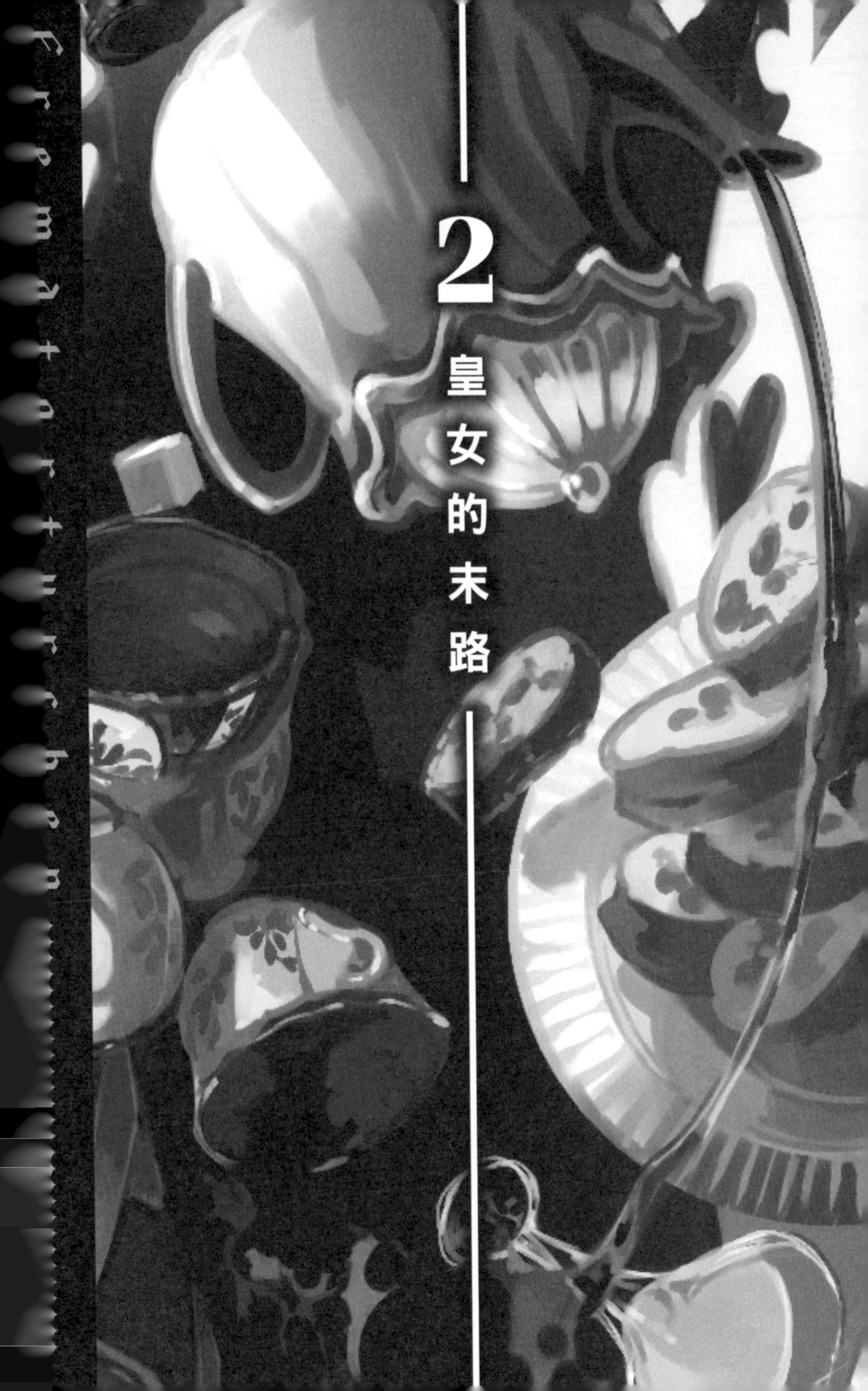

2 皇女的末路

Down Down Down.
Alice went down a big hole.

被沉入浴缸，然後被擀麵棍痛揍數百次後，手腳被纏上膠帶塞進垃圾袋，接著被丟進汽車行李廂後已經過了數小時。回過神時，我已經掉入了一個深深的洞穴。

不管道歉多少次對方都不肯聽，不論哭叫什麼都傳不到對方耳中。不過，我應該有當一個乖小孩才對。接下來該道什麼歉才好，老實說不論怎麼思考我都不曉得。

我沒有大叫，也沒有生氣，既沒有哭，而且也道了歉。

說道歉聲很吵，不哭就說我很噁心，揍到手痠就發火。

所以，如今的我全身都又痛又熱又難受，蟲子跟泥巴還有雨水一起從袋子的破洞跑進來，沙沙沙地在嘴巴還有耳朵裡面爬來爬去。明明很想吐肚子卻空空的，明明冷到牙齒打顫喀喀喀地吵死人，嘩啦嘩啦喀嘰喀嘰的聲音讓腦袋幾乎都要變奇怪了。

是為什麼呢，我一而再、再而三地回想起某一節。

深深地(Down)，深深地(Down)，深深地(Down)。

愛麗絲掉向大洞穴的底部。（Alice went down a big hole）

呃，是在哪裡讀到的呢？是媽媽還很溫柔又漂亮，每天都笑著的那個時候？是第一個爸爸還活著的時候？是初次搬家前？愛麗絲掉得好深好深，在那之後——

她在洞穴裡變成怎樣了？

腦袋又沉又重，已經什麼都想不起來了。

不過，連疼痛都，開始，變不見……

或許，這　樣，就，好了，　說。

嗯，　太，　好了。　　了，　　了，　　了，　　呢，　　呢？

呢？

真傻，這怎麼可能呢。

＊＊＊

「活著，您還活著嗎，薇雅媞．烏拉．荷斯托拉斯特大人！」

「——殺掉了吧？」

琉特因驚訝與喜悅而發出雀躍聲音。然而，薇雅媞卻不像她的沒做出回應。她只是瞪視黑衣男。在沒有回應的情況下，薇雅媞一邊因痛苦而顫抖一邊挺直背脊。

覆蓋在她身上的紅毛狐頭從胸口滑落。法麗西莎咚的一聲發出堅硬聲音，倒在地板上，新的血泉緩緩在第一皇女周圍擴散。

伊莉莎白瞇起眼睛。

第一皇女的倒地方式全然沒有肌肉的反應。

（法麗西莎．烏拉．荷斯托拉斯特已經化為遺體了。）

伊莉莎白下達冷徹的判斷。她將視線移回第二皇女，薇雅媞．烏拉．荷斯托拉斯特那邊。正如那段話語，她仍然活著。不過，伊莉莎白如此思考。

（那個傷口很深……獨特的形狀恐怕是被湯匙挖出來的。）

眺望淒慘的胸口後，伊莉莎白做出結論。薇雅媞的胸口，連同薄布洋裝跟獸毛一同被挖掉了。別說是肋骨，就連脈動著的臟器都能窺見。負傷時應該伴隨著劇烈的痛楚吧。一邊觀察傷口，伊莉莎白一邊檢討救出薇雅媞的方式。

（獸人幾乎不會使用魔術。由余驅使治療魔術——不，我不擅長回復。存活下來的治療師們也不在館內。平安無事地讓她脫離這裡，再轉移至能進行回復的強者那邊負擔會——毫無意義。那種程度的傷勢，就算是隱居中的賢者也不可能治好。）

就算敷衍自己也沒意義。沒有希望，伊莉莎白乾脆地接受事實。

薇雅媞會死。

（神仙難救無命客。）

部下們似乎也自然而然地掌握了這個事實。因為第二皇女生存的事實雖令他們迅速衝出，然而當薇雅媞的傷口露出來的瞬間，他們卻一齊停下了腳步。

數人有如崩塌般癱坐在原地，現場漏出空虛的聲音。

「啊……啊啊，薇雅媞大，人……」

一般而言，下位獸人省略「皇族」姓氏屬不敬之舉。話說回來，癱坐在重傷的主人面前可說是愚不可及。然而，薇雅媞的傷口確實就是如此凄慘。

黑衣男似乎也掌握了第二皇女的狀況。是打算給予慈悲嗎，他並未試圖甩開薇雅媞的手。男人微微歪頭，總算是開了口。

「要問我殺了嗎的話，其對象會是複數。具體而論妳指的是誰？」

「把『我的皇姊』——」

薇雅媞如此回應後，男子只露出一半的臉龐上浮現意外表情。他用自由的左手輕撫面具跟自己皮膚的交界處。男人對仍然被抓著的右腕視而不見，就這樣繼續說道：

「我本來想說如果妳回應『第一皇女』的話，我不但會無視自己的所作所為，還應該對妳加以批判。就像在部下與『皇族』之間區分出貴踐之別不會不妥嗎這樣。但是，如果是關於『家人』的話，妳提問是天經地義的事。身為『妹妹』，妳有權發問，也有權利憤怒。」

男子的說法中甚至滲出敬意。然而，他卻恬不知恥地對瀕死的薇雅媞撂下話語。

「是啊，殺掉了——我殺了妳的姊姊。」

「殺了法麗西莎・烏拉・荷斯托拉斯特？」

「殺了法麗西莎・烏拉・荷斯托拉斯特。」

薇雅媞提問，男人回應，伊莉莎白無言以對。

不是對回答，

而是對薇雅媞・烏拉・荷斯托拉斯特的變化。

一聽到回答，她就扭曲嘴角，完成一抹被殺意與憤怒妝點的悽絕微笑。那不是適合「賢狼」的表情，看起來像是怪物或是惡魔似的。

第二皇女以用如被某物附身般的氣勢開始陳述。

「法麗西莎・烏拉・荷斯托拉斯特有著『霸王』的器量。如果是終局之前，皇姊就算犧牲我也會以自己的生存為優先吧。然而，就是因為現在天下太平，她才會庇護我。因為她判斷在這三年間開始穩定下來的國土一旦失去『賢狼』薇雅媞，有可能會招來混亂與恐懼——她是高潔之人。呵呵，不過，我受到的傷也足夠致命就是了。想不到皇姊也會看走眼，真是意外。」

令人吃驚的是，薇雅媞開始愉快地笑了起來。她發出銀鈴般的聲音，每笑一聲傷口就會激烈地噴出血。從薇雅媞的順暢語氣中，也很難認為她是瀕死之人。

實在是過於異樣。

愛麗絲用膽怯的眼神望向男人，帽子的白色蝴蝶結也微微開始顫抖。

「欸，我說，父親大人……這樣不會很奇怪嗎？『快死掉的狗』，一般來說是這麼多話的嗎？明明像那樣渾身鮮血的說……總覺得很噁心呢。」

「哎呀，當然嘍，一般而言是不可能的。別看這樣，我也是相當努力的喔，小姐？」

愛麗絲臉龐一僵，怯生生地窺向薇雅媞那邊。

薇雅媞沉穩地微笑著。是這麼一回事嗎，伊莉莎白點點頭。薇雅媞將侮蔑性稱呼「狗」這個字眼當做耳邊風，惹人憐愛地眨了一下單眼。

「也就是說，這是為了爭取時間喲。」

「嗯？……咿！」

將視線望向下方後，愛麗絲發出短促悲鳴。在不知不覺間，白銀樹藤纏住她的腳踝，男人也變成同樣的狀態。即使如此，他的表情依舊不變。

薇雅媞緩緩放開身裏黑衣的男人的手腕。

「我無法應付急襲……既然如此，或許應該要保持靜默就是了。如果想立於上位的話，就必須經常思考陰溝裡翻船的可能性。」

她輕輕攤開手掌。

在桃色肉球的中央處，氣派的戒指正散發光輝。

「連在自己死亡的前一瞬間，皇姊都沒忘記將這個託付給我呢。」

這是法麗西莎生前唯一佩戴在身上的飾物。白銀圓環伸出樹藤，裝飾在中央處的水晶其內側封印著桃色花蕾，看起來簡直像是將春天本身冰凍在裡面似的。如今，那兒產生了大變化。

蓓蕾漂亮地開花了。

在看起來也像是玻璃工藝品的淡桃色中央處，金色花蕊正散發著光輝，微細火花從其中不斷爆出。高度壓縮的魔力如同混雜著雷電的暴風般，在水晶內部捲動著旋渦。

「——唔！」

愛麗絲揮落茶匙，她將銀餐具擊向綁住腳踝的樹藤。有如敲擊龍鱗般的聲音響起，茶匙悽慘地彎折。

結果正如伊莉莎白所料，樹藤果然擁有異樣的硬度跟彈性。

愛麗絲露骨地感到動搖，緊咬唇瓣。

薇雅媞開了口。她將視線固定在愛麗絲身上，就這樣對部下們說話。

「琉特，活下來的吾之士兵們。這將是薇雅媞・烏拉・荷斯托拉斯特的最後一道命令。現在立刻帶著伊莉莎白殿下逃走，絕對不要停下腳步。因為我不想把你們捲入其中。」

「您、您是在說什麼啊！薇雅媞・烏拉・荷斯托拉斯特大人！是要我們捨棄主人——」

「最後告訴你們的話語，打算讓我說兩次嗎！離開！」

銳利的叱責聲響起，她用像是法麗西莎的口吻如此大喝，琉特等人不禁挺直背脊。然而不同於被稱作「霸王」的姊姊，薇雅媞沉穩地接著說了下去。

「你們是優秀的士兵，守護只能死去的人有何意義？吾等是『森之三王』的兒子、女兒——既然如此，請你們活下去，為了人民達成應該要成就的事。」

就算個體死去仍有後繼者，非延續下去不可。

催促之聲如同姊姊般溫柔，像母親一樣堅強。

「所以走吧，別回頭。」

瞬間，獸人們一齊嚎叫，他們仰望天花板發出長嚎。

簡直像是要將手伸向星空般的叫法。愛麗絲壓住耳朵，帽子的白色蝴蝶結也從中間對折。男人毫無反應，伊莉莎白也無言地佇立著。

吼聲悠遠流長，漸漸中斷。獸人們在聲音餘韻尚未消失時彎下身軀，他們踹向地板跟階梯發足急奔，仍然癱倒著的新兵被老兵抓住後領。

「好了，快跑！」

「伊莉莎白大閣下，失禮了！」

琉特將伊莉莎白攔腰抱起，扛到肩膀上。

伊莉莎白順從地被搬運著，一邊持續凝視薇雅媞。

第二皇女孤身一人被留在敵人面前。她再次開口，薇雅媞溢出鮮血，同時編織出話語。

這次的話語並不是要給同伴的遺言。

而是為了刺向敵人的沉重詛咒。

「汝等對吾國部下所為，罪該萬死。然而，殺害皇姊更是難以原諒。法麗西莎．烏拉．荷斯托拉斯特，還有我都是『森之三王』選出來的寶物。吾等『皇族』是『森之三王』大人特別的棋子。是國家至寶，也是臣民的奴隸。」

「……唔，我果然覺得認為『皇族』與眾不同的態度令人難以接受，然而『臣民的奴隸』這種自我認知值得給予好評……不，我失禮了。這是自言自語，請妳繼續。」

「用不著你說。既然如此，對於破壞財寶之人，應該給予的處罰唯有死罪。誰也不會原諒，永遠不會受到寬恕——因此，爾等要死在此處。」

薇雅媞的殺意讓被血弄濕的毛整個倒豎。是心跳加快之故嗎，鮮血從她胸口大量流出。「賢狼」隱藏至今的激情，令人畏懼的威壓感支配現場。

隨時會死去的皇女淒慘地笑道：

「與吾，一同死去。」

「……父親大人。」

愛麗絲有如害怕般不斷拉動男人的衣服下襬，然而他卻不打算移動。

現場產生一瞬間的空白。

薇雅媞忽然將視線移向旁邊，她與伊莉莎白四目交接。

薇雅媞點點頭，就像在說之後就交給妳了似的。伊莉莎白點頭回應，是感到安心了嗎，她放緩表情。那對眼瞳裡忽然產生快哭出來般的扭曲。

伊莉莎白在薇雅媞心中看到相互競爭的兩股情感。

「就算死亡擺在面前，也要毫不膽怯地把敵人拖下水的憤怒」。

以及「同父異母的姊姊跟部下慘遭殺害的打擊，與對自身之死顫抖，有如稚子般的懼怕」。

這是兩股截然不同的情感。然而，只要持續停留在胸口中，它們也是有可能並存的事物。

即使如此，即將喪命之人表現出來的情感仍然只有一個。

「以自己能跟我一同死去為豪吧，賊廝！」

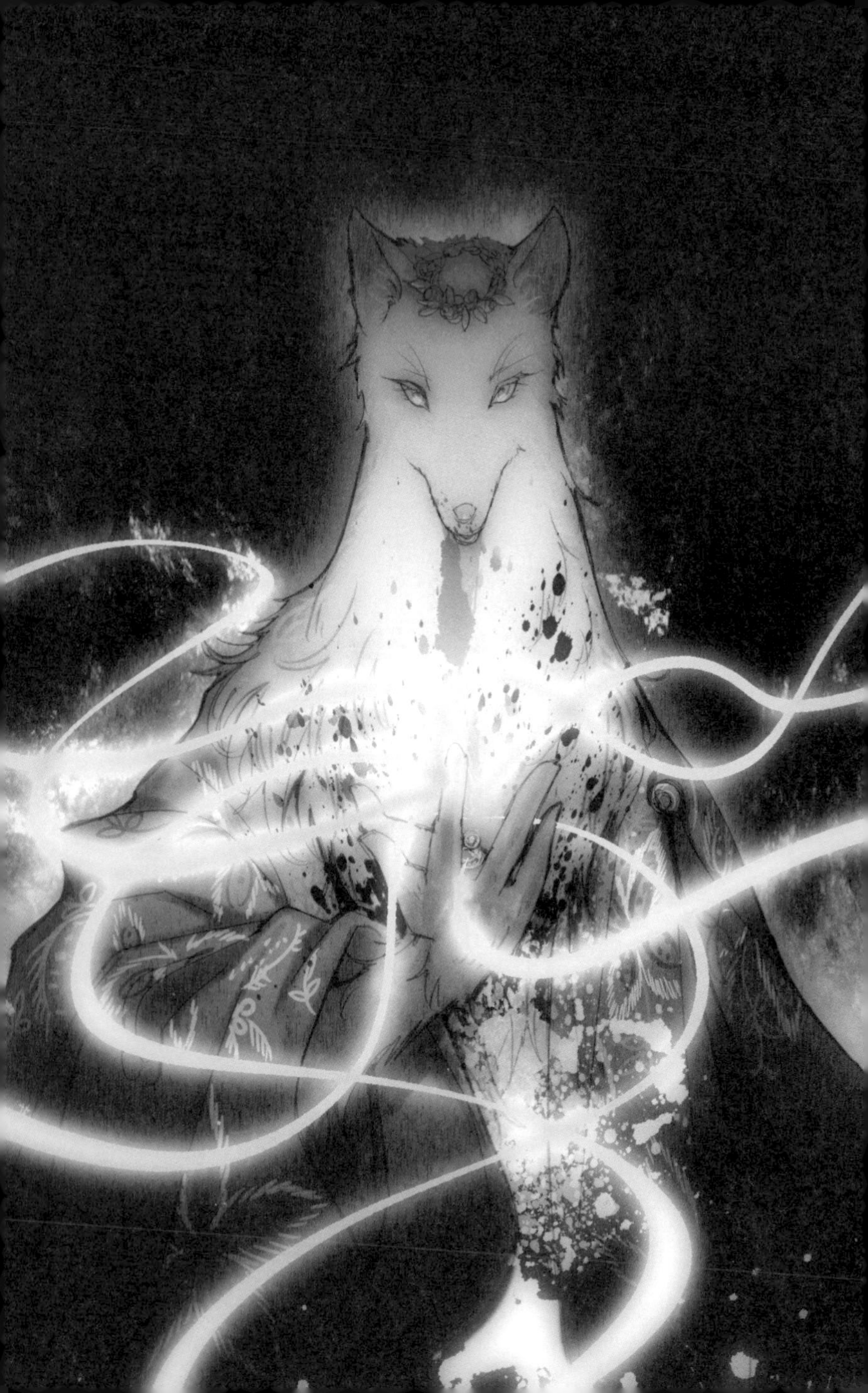

薇雅媞毫無半點迷惘地選擇前者。她理所當然地抹殺恐懼，放聲如此說道。美麗又高傲的身影中沒有虛言，然而那副模樣卻令人感受到無與倫比的傷悲。

（對薇雅媞而言，這個印象就只是侮蔑。）

因此，伊莉莎白貫徹了沉默。她只是繼續凝視第二皇女。

薇雅媞沒有哭泣，連一滴淚都沒流，堂堂正正地瞪視敵人。男人有如回答般輕輕點頭，他初次用明確的意志移動手指。

啪喀一聲，微小聲音響起。

男人有如致敬般脫帽，拿下只有一半的面具。

從伊莉莎白的位置這邊，只能看見原本就露出來的側臉。然而，薇雅媞似乎直視了裸露而出的部分。她大大地瞪圓雙眼。

同時，發生了令人吃驚的變化。

殺意從薇雅媞臉上消退了。

她有如對某事感到恍然大悟般輕喃。

「你——」

男人看起來像是在微笑。

不是有敵意的笑容。

伊莉莎白等人通過覲見大廳入口。琉特等人以前傾姿勢飛身衝至走廊，有如在等待這個似的，水晶光輝達到最高潮。

玻璃破裂般的聲音響起，看起來也像是雷電的光芒奔馳而出。掛布被燒光，樹藤發出鞭子般的聲響彎曲，桃色花瓣亂舞，空間被塗抹成白銀色。

伊莉莎白的視網膜也被灼燒。

就這樣，一切都變得看不見了。

一切的一切。

不論是誰……

都沒看見在最後一刻——

皇女露出了何種表情。

＊＊＊

被燒灼的視網膜緩緩恢復機能。

即使如此，伊莉莎白的視線也沒有改變。她前方仍然染著一片白色。

伊莉莎白唔的一聲發出沉吟，然後伸出手。指尖立刻被柔軟地壓扁。面前的白色擁有實體，直到此時她才總算察覺。

伊莉莎白在覲見大廳的入口前方。在她鼻頭前端的室內被白銀樹藤完全埋沒，因此她才產生視野尚未復原的錯覺。

（是水晶裡的植物完成爆發性生長的結果吧。）

伊莉莎白如此推測後，再次觸碰緊密地互相纏繞的樹藤。它很冰涼，而且硬中帶軟，像是在死後僵硬又開始變軟的人肉。她聯想到墳墓。

這種想法也未必有錯，因為覲見大廳裡沒有可以生存的縫隙。

被留在內部之人，應該無法避免壓死的結果。

「原來如此，身為『皇族』，有時也會被危害國家之人囚禁吧。意思就是說，那是在這種情況下用來自爆的道具嗎……哈，這就是在『皇族』內小心翼翼代代流傳下來的東西嗎？」

伊莉莎白無言以對地低喃，響起的聲音蘊含著對不合理事物的怒火。她不由得眉頭緊鎖。對伊莉莎白而言，她並沒有讓自己心煩意亂的想法。

就在此時，她的視野繞了半圈被轉向後方。

「嗯？」

「失禮了。」

為了用自己的眼睛做確認，琉特回過頭。伊莉莎白仍然以面向後方的方式被扛在他的肩上。再被轉圈自己可受不了，如此心想後她一躍而下。

琉特無言地瞪視白銀。然而，他忽然咚的一聲用拳頭抵住牆壁。

「薇雅媞．烏拉．荷斯托拉斯特，大人……」

琉特有如細細品味般，一個音節一個音節地發話。他閉上眼皮，調勻呼吸。有如剝下般收回拳頭後，琉特敲擊自己的胸口。他下跪擺出敬禮姿勢。

其他獸人們也仿效琉特，他們要對死亡的主人表達悲悼與敬意。

伊莉莎白獨自站立，等待祈禱結束。

不久後，沉默的時間告終。琉特搖搖頭，重重地起身。

「沒時間繼續感嘆自己的不中用與無能了。法麗西莎．烏拉．荷斯托拉斯特大人，與薇雅媞．烏拉．荷斯托拉斯特大人——第一皇女殿下與第二皇女殿下已經亡故，必須確認除了兩位以外的諸位『皇族』，以及『森之三王』大人平安無事才行。」

「光是這些人還不夠。也得確認其他種族的達官顯要，還有各重要據點是否安好。」

伊莉莎白對琉特的話語添加忠告，他吃驚地望向她。

琉特小心翼翼地用視線投出這是為何的疑問，伊莉莎白淡淡回應。

「愛麗絲．卡羅說過『像這樣的話，妳也會跟世界上的人一起死掉喲』——因此他們的目標不是只有獸人。」

愛麗絲並非基於某種意圖才說出那番話語的，剛才她純粹只是生氣而已。即使如此，愛麗絲稚氣的呼喊也有了宣戰布告的樣子。

（那兩人渴望【世界的變革】。）

他們的目標，其具體內容不明。然而，既然將「異世界拷問姬」作為【世界變革者】製造出來，就不是僅止於思想改造的易與之物吧。

恐怕需要莫大的犧牲。

（薇雅媞將兩人一同拖下黃泉殺掉了——但事情應該不會就這樣落幕。）

不是其他事物，正是身為「拷問姬」的直覺告知等待在前方的惡劣發展。

血流成河，生者死亡。

從悲鳴底部出現的是絕望。

伊莉莎白聞到了在世界裡側悶燒著的火種氣味。她宛如對災害預兆產生反應的野獸般表現出警戒狀態，趨近於終焉的【某物】正要發生。

至於【某物】是「什麼」，尚不得而知，即使如此，伊莉莎白仍是如此斷言。

就像昔日瀨名櫂人那樣。

「這樣下去的話，眾人都會死。」

嘰咿咿咿咿咿咿咿咿咿咿咿咿咿咿咿咿咿咿咿咿咿咿咿咿咿咿咿咿咿咿咿咿咿咿咿咿！

氣氛緊繃的現場突然響起異聲，所有人都抬起臉龐心想何事發生了。

走廊最深處的窗戶傳來聲音。做了防水處理、用來擋風雨的皮革在晴天時會被捲起，木格子則會裸露而出。圓影子正在撞擊那邊的光景映入眼簾。

它磅磅磅地持續做著徒勞無功的努力。

伊莉莎白點點頭，琉特疑惑地低喃。

「那個……該不會，不就是那個……」

「嗯，用不著加上該不會，就是它。」

長著翅膀的白色球體——已經可以說是跟它很熟了。

是教會的通訊狀置。

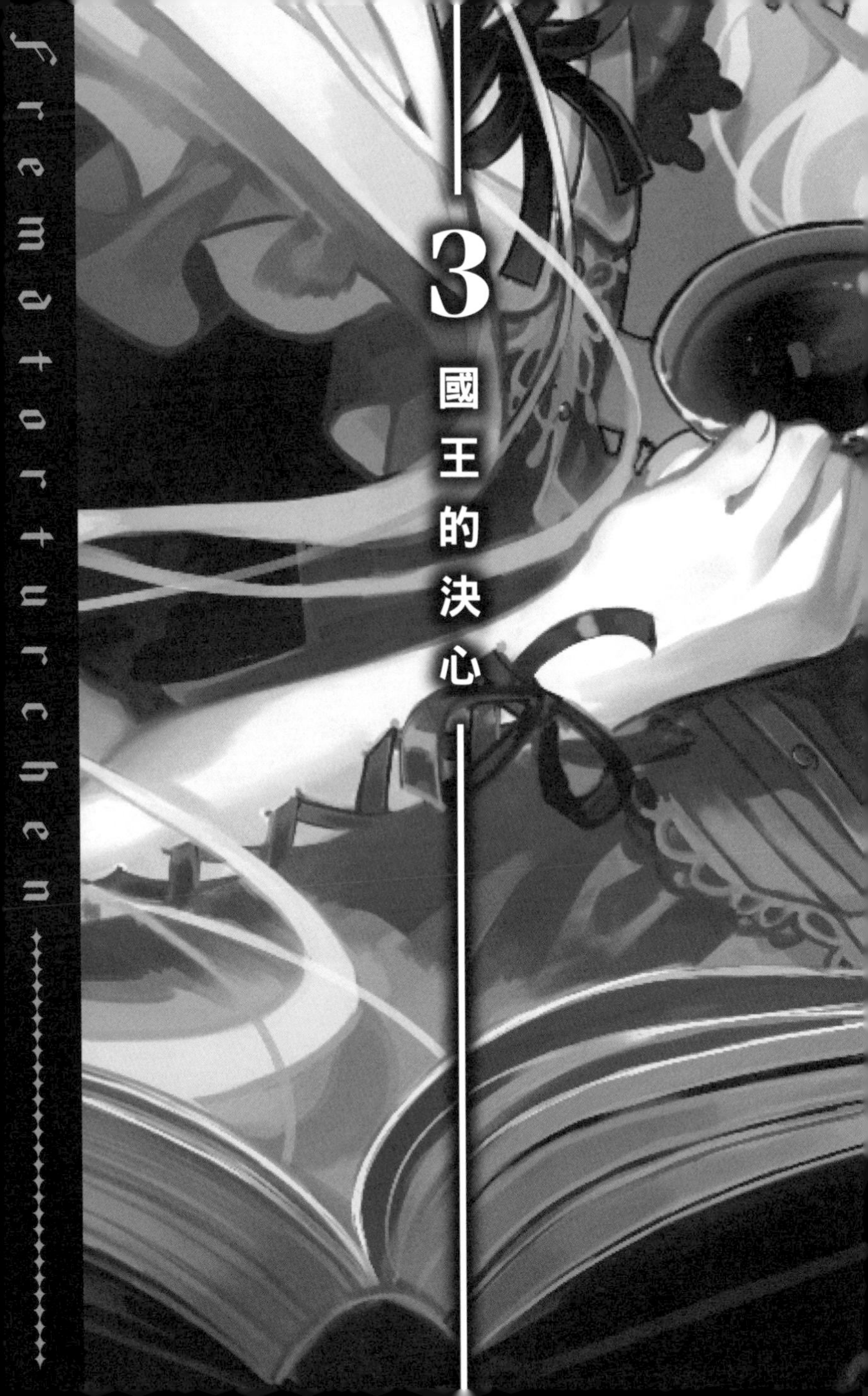

3 國王的決心

來聊一聊吧。

沒必要提高警覺，我保證沒有半件可怕的事情。

只是要聊一個相當簡單的式子。

這裡有「被殘酷虐待的人」，以及「愉快的施虐者」。

前者絕對不會寬恕後者，不論後者怎麼說，試圖達成什麼事都一樣。

打從最初就無法謝罪，贖罪的機會從一開始就失去了。

以上就是條件。既然如此，正確答案就只有一個。

讓怨恨與憎惡互相融合，省下礙事的倫理觀就行了。

只要前者對後者報了仇，事情就會平安無事地落幕。

可喜可賀，可喜可賀。

然而，我們試著在這裡加上其他條件看看。如此一來，一切立刻會化為渾沌。

要加上的是以下的這種內容。

「什麼都不做的人們」，以及「什麼都不曉得的人們」。

還有表示「這種事經常發生」，寬宏大量地容許著這一切的世界。

那麼，該如何是好？

乍看之下感覺很難吧，畢竟在這種情況下，無辜的加害者太多了。然而，其實沒必要去深思。只要換個觀念，就能用簡單的方法解決。

只要將糾結纏繞的繩子全部剪斷就行了。

換言之——

所謂「憎恨世界」，就是這麼一回事。

＊＊＊

『王都被謎樣集團襲擊，希望外派中的伊莉莎白火速返回。』

魔術文字在白色球體表面高速奔馳，危險的內容簡潔地顯示在上面。

伊莉莎白用指尖轉動通訊裝置，她再次確認整體。文字大概是在相當慌張的情況下撰寫的吧，裡面果然沒記述詳情。即使如此，伊莉莎白仍是嘆了氣。

「其他方面也同時行動了嗎？嗯，也是吶。」

她微微預料到這是同時襲擊。直到方才那一刻，敵人的存在甚至都沒有擦到三種族警戒網的邊。就算只是「軍隊」的程度，只要數量足夠就無法成功地採取完美的迴避行動。敵方勢力恐怕規模極小。既然如此，對方當然也會把迅速行動這件事放在心上。

（特別是要對疏忽大意的目標施以痛擊時，非同時行動不可。）

另一方面，要說這三年間世界是否因和平而變得痴呆——卻也並非如此。

在災厄後，飢餓與貧困，還有荒廢與疫病造訪了各地方。治安惡化，因為對神與惡魔的威脅重新有了認知而導致的災禍也接連頻傳。將四散至各地的「重整派」加以統合的新勢力，以及傾倒於惡魔的人們橫行跋扈。然而，這些都沒有成長為顯眼的問題。

因為誰也沒將它們視為特別棘手的事件。

生者有時也能夠創造出地獄。但這畢竟只是「生者也能創造出來」這種程度的玩意兒。由「惡魔」所產生的地獄，有時會超越想像的範疇。

在終焉之時，生者們便在其中。事到如今還要他們驚訝些什麼呢？

因此三種族只是一股腦地盡全力復興，其結果就是這個。

任誰都沒預料到會有「惡魔」以外的敵人出現。

關於「異世界拷問姬」的登場，伊莉莎白甚至不曾想像過。

「唔……從要求的內容跟記述的慌張程度而論，似乎沒時間了，那麼——」

在球體旋轉之際做下定論後，伊莉莎白繼續思索。她得做出選擇才行。

「拷問姬」應該回到人類麾下，或是留在獸人之地呢？

她的死刑被無限期地延長。即使如此，「拷問姬」仍是教會擁有的戰力。本來她的立場應該要為了復興王都而盡力才對。然而，聖騎士們會產生反彈也在預料之中。

因此在薇雅媞的提議下，伊莉莎白在獸人國度進行治安維持任務。

獸人們與亡故的第二皇女有恩於伊莉莎白，王都則是有許多故人。然而，這兩者都無法成為下達判斷的材料。在類似終焉的狀況下，沒有夾雜私情的餘地吧。

（敵人的總數跟真面目都只能仰賴推測嗎……不過，方才那兩人無疑是打入中樞的人材。擁有那般力量之人如果是複數，那打從最初就用不著分輸贏了——那兩人擔任的是，襲擊第二皇女薇雅媞宅邸的重要人員嗎？既然如此——）

連世界樹都遇襲的可能性應該很低。「森之三王」棲息的場所易守難攻，不論是何種勢力以壓制為目標時，應該都會避免兵力分散去他處的愚策才是。也就是說，「異世界拷問姬」跟黑衣男優先襲擊了薇雅媞的宅邸。

這究竟是為什麼？一思考此事，伊莉莎白的耳朵深處就彈出愛麗絲開朗的聲音。

『我們應該談一談的！因為我們應該能互相理解才對啊！』

『沒問題的，我一定會讓妳跟重要之人見到面！』

（——少開玩笑了，小丫頭！）

伊莉莎白沒發出聲音地撂下此言，她自然而然在腦海裡描繪出某個光景。

在透明水晶裡，兩名人物正入眠著。這就「只是」一種美麗的模樣。

就算開口搭話也不會有回應，即使伸出手指也遙不可及。

如果有人問想不想跟兩人見面，答案只有一個。

就只有一個。

不論何時何地，答案都不會有所改變。

永遠都一樣。

（不過啊，你們犯了一個致命的錯誤。）

伊莉莎白如此發出咂舌聲。再會這個報酬，不應該在虐殺獸人後才拿出來。畢竟那個少年不會認同死屍累累堆積如山後才能達成的結果。一個搞不好，他就有可能會再次入眠吧。

終焉時，少年也同樣將重要之人與世界放上天秤，為了讓不平衡的秤盤維持水平，他捨棄了自己。少年就是這種人。

那個【愚鈍的隨從】。

（真的是稀世的笨蛋……不，如今這種事怎樣都行吧。）

伊莉莎白搖搖頭，矯正自己的思緒。她再次因疑問而瞇起雙眼。

那兩人認為伊莉莎白是「應該要談一談的對象」。的確，「拷問姬」是有價值的棋子，值得引入自軍。然而，黑衣男卻製造了「異世界拷問姬」。既然如此，就沒必要執著於伊莉莎白。他拘泥於她的理由仍是一個謎。

（就算繼續思考下去也不可能懂。）

伊莉莎白將心思移向另一件事情上面。如同方才推測，世界樹應該平安無事。

而且除了薇雅媞，法麗西莎——「賢狼」跟「霸王」以外，「皇族」之中並未有人嶄露頭角。說起來雖然難聽，但就算派兵力去他處，「好處也不多」。

另一方面，人類的王都——特別是新設立的國王宅邸——雖然難攻，比起世界樹卻是毫無防備。就連身為最強武力的聖人們，也為了守護難民而散居四處。話說回來，他們大多數都是「固定砲台」。雖然強大，對奇襲卻很弱。不會隨機應變，運行時間也很短暫。就連現在的配屬，其大部分的意義也是為了擔任信徒們的精神支柱。他們也跟聖騎士、王國騎士一同擔任重整派的討伐任務。在「最終決戰（Ragnarok）」中參戰的眾魔術師除一部分為了因應契約外，都為了建造新工坊而踏上旅途。既然如此，人類土地那邊的危險度比較高吧。

那個種族原本就破綻很多，甚至多到在不知不覺間擔任終焉的號角手。

「沒辦法，就這麼決定了。」

剛好通訊裝置正緩緩停止旋轉。

伊莉莎白啵的一聲輕彈球體。她將手掌放上通訊裝置，就這樣將扔向遠方。球體從卸下木格的窗戶那邊飛出，羽毛復活的聲音與抗議聲響起。

伊莉莎白完美地無視了那些聲音，她回頭望向琉特那邊。

「思考完了，但結果是……」

「是的。」

「余判斷獸人之地並未發生比這裡還糟糕的慘劇，因此確認其他『皇族』是否安好，以及報告第一皇女與第二皇女，還有許多優秀之人已經犧牲的這件事，余想全權交給琉特負責。余要前往人類之地。不過，治安維持部隊大部分都是薇雅媞私兵團第二班內的『最終決戰』生存者……雖然身手不賴，數量卻不多。勉強之舉只是蠻勇，有事發生時就喚余吧。另外，積極地依靠世界樹防衛班。確認完狀況後，余也會跟你們會合——可以吧？」

「了解。」

皇女之死帶來的衝擊很大吧。然而，琉特仍然毫無迷惘地點頭同意由隊長發表的脫離宣言。你這樣好嗎——伊莉莎白瞇起雙眼如此心想。他回應那道視線行了一個禮。

「伊莉莎白閣下是吾等的隊長，也是人類托付給薇雅媞．烏拉．荷斯托拉斯特的貴人。此外，您也是現在這個世界為傲的武力。一旦類似終焉重現的危機到來，人類也必須死守自己負責的區域……當時如果三種族之間沒有爭執，就能再少犧牲一些人吧……在權人閣下做出選擇前，應該還有吾等能夠做到的事情才對。」

在最後的話語中，可以窺見他如同滲血般的痛苦與後悔。伊莉莎白如此回想。

那是少年在【世界的盡頭】入眠後發生的事，最對此感到深嘆的人就是琉特。回來，他不斷重複唸著「明明想說不要忘記的」。

至今仍沒有人知道此話的含意。琉特只是不願再次品嘗應該能達成某事，卻讓機會平白流走的後悔吧。伊莉莎白沒有細問，而是點點頭。

「既然不反對，那余就走了。之後就交給你了。」

「祝武運昌隆，願『森之三王』的庇祐與您同在。」

其他部下們也仿效琉特。每個人雖有各自的想法，卻無人表示異議。

伊莉莎白皺眉，忠心耿耿又老實的部下們讓她很不習慣。她原本就不是當隊長的料。而且，伊莉莎白確認到他們也起了相同的憂心。

（一旦放過悲劇的起端——就不曉得之後會發生什麼事。）

「終焉」襲向了三種族。悲劇層層相疊不斷累積，等待在後方的就是那場致命性的災害。如今塞滿覲見大廳的白銀，也是曾經撒下的惡意種子所帶來的結果吧。

既然如此，就必須在花朵綻放，收穫時刻到來之前加以處理才行。

（不然的話，這一次所有人真的會，平等地，死去。）

雖然處於一切都曖昧不清的狀況之中，伊莉莎白仍是不可思議地如此確信。曾經守護世界的是愚昧的愛。如果破壞世界的存在出現，那就只會是從完全相反的情感中誕生出來的事物。「異世界拷問姬」與黑衣男，誠摯的聲音與乾枯的眼眸。

兩人身上都寄宿著相稱的素質。

（沒錯，受到深沉傷害之人——）

伊莉莎白在途中停止思考，塗滿感傷的思考必須先擱置下來。

她展開行動，伊莉莎白從黑暗與花瓣的小小旋渦中取出寶石。那是在本來就擁有芳醇魔力的物品中注入鮮血、刻劃著咒語的魔道具，她用手指輕彈了它。

寶石一邊迴轉，一邊掉落。喀的一聲，堅硬聲音響起。

同時，紅色花瓣與黑暗撒滿整個房間。伊莉莎白的腳邊產生移動陣。如同血色般的牆壁裹住她，視野被覆蓋成紅色。

不久後，壁面出現裂痕。伊莉莎白閉上眼皮。

瞬間，紅色銳利地破碎四散，伊莉莎白睜開雙眼。

她站在一條由——看在魔術知識淺薄的人眼中會是材質不明——稀有礦物混合材質所建造的寬敞通道上，溶化的寶石與血液在腳邊以圓形循環著。

人聲轟然湧向這邊，平常這裡是很安靜的。然而，如今卻被攏罩在一片極為吵鬧的喧囂中。話語聲此起彼落，人們來來往往。聖騎士慌張地衝過伊莉莎白面前，女文官跌倒，文件華麗地散落一地。是已經告知眾人「拷問姬」會進行轉移了嗎——單純只是現在顧不得這種事了嗎——沒有半個人朝她望向一眼。

這個反應與光景出乎意料，伊莉莎白不由得雙手環胸發出深吟。

「唔——居然吵鬧成這副德性……看樣子雖然亂成一團，卻沒演變成最糟糕的事態。雖然不能說是萬幸，不過這樣也有點太吵了吧！」

她不悅地環視四周，卻也只能死了這條心。特殊材質的牆壁造成回音的程度，也是吵鬧的原因之一。這裡原本就不是積極消音的構造。

畢竟伊莉莎白轉移的設施位於地底。

這裡就是人類之王的新宅邸，曾經收容了「初始惡魔」的不祥搖籃。

是歷代王族的前地下陵墓。

＊＊＊

王的宅邸在墳墓裡，而且還是在教會隱藏【初始惡魔】的場所。

這根本算不上是笑話，就諷刺而論也很低級。

然而，從檢討利用墳墓一事，一直到著手實行為止有著不得已的來龍去脈。

正如瀨名權人昔日的判斷，王都受到了嚴重的打擊。

建築物的修繕、重建的費用，勞力與資材不足當然用不著說，特別是屍體的處理更是不順利。

判斷保管數量龐大又身分不明的遺體是不可能的事情後，強行進行了火葬。即使如此，疾病仍是以淹水區域為中心蔓延開來。幸運的是，活用瀨名權人與小雛留下的忠告與知識加以活用應對，徹底進行消毒與維持環境整潔，結果疾病早早就平息了。然而，判斷王都很難完全復興，因此迫切希望遷都與轉移都市機能的聲音也很多。

然而，在致命性的理由下，這是不可能的事。

沒什麼好隱瞞的，講白了就只是預算不足。

「沒錢」這個問題雖然俗氣，卻也是嚴重又迫切的事情。

就算向貴族、教會、商會公會等組織請求援助，他們那邊也都已經是滿身瘡痍了。

而且原本裡面有許多人為了逃避「惡魔」再三襲擊而造成的龐大負擔而支持——不論是否有信仰心——「重整派」口中的「救世」。

結果王都不得已地留存下來了。

作為派遣魔術師的交換條件，人類很僥倖地接受了獸人提供的臨時住宅援助與技術提供，還有糧食支援。然而就算從警備觀點而論，也不能用臨時建築物當作王城應付了事。國王一家與有力貴族離開王都至今未歸的現狀也全是問題，同時又得為金錢所困。

就這樣沒完沒了開了無數次會後，最後有人提出了利用陵墓的建議。

這是過於進退維谷而造就出來的點子，就某種意義而論可以說是爆誕。

然而，根據自暴自棄調查後的結果，意外地發覺把城堡搬過去並非紙上談兵。

雖然不到「世界樹」的程度，不過在結界遭到破除後的現在，地下陵墓仍是以高度防禦力為傲。

另外，也發現直到「信仰王」——第三代國王給予【守墓人】獨立權限之前，地下陵墓也兼作王族緊急避難所的事實。

通往各處的脫離路線，可以實際拿來用的墓室，放入精靈的貯水庫與水道設備被發現，封印也被解除。就連建材本身會防禦移動陣的問題，也在眾魔術師即將踏上旅程時將他們留下，讓他們跟聖人一同進行分析——在連手腳都用上的火熱激辯之後——設置了數個可以用來轉移的地點。

如此一來，剩下的阻礙就只有歷代王族遺體的處理方式了。

此時正好是王都這邊強行火化數量龐大的民眾之後，人的倫理觀因衝擊而產生變化。死者已不分貴賤，不論是否為王族都是不由分說。

就這樣，在各陵墓進行了清掃與大規模的移動。

曾存在著「初始惡魔」的「痛苦房間」加上封印，在位於前方的廣場設置祭壇後，再將棺材擺放到那邊。除了王族要做禮拜時外，最下層封鎖，開始利用起上面的部分。在這之後，就不斷傳出有人目擊大感不滿的第三代國王幽靈。然而就伊莉莎白的立場而論，這種事怎樣都行。

她目前就只對能否跟通訊對象會合一事感興趣。

「那麼……在這片騷動中，叫出『拷問姬』的當事者究竟在哪裡呢？」

「伊莉莎白閣下！」

就在她邁開步伐之時，背後有凜然聲音叫住伊莉莎白。

她回頭望向忙碌地來來往往的人群空隙。

首先映入眼簾的是銀髮的美麗光輝，接著跳進視野裡的是異樣事物。

對方的白皙臉龐上有齒輪轉動著，以扭曲金屬補齊身體各部位的聖騎士就在伊莉莎白的視線前方。對方拖曳著紮成一束的銀髮，邁步走向這邊。

「太好了，妳回應了召集呢，伊莉莎白閣下。」

「嗯，因為被召喚了呀，伊莎貝拉。」

伊莉莎白淡淡地回應，對方浮現雖然因金屬之故而僵硬緊繃，卻很穩重的微笑。伊莉莎白也微微抬起嘴角做出回應。

對方是一名女性，名字是伊莎貝拉．威卡。

是曾經與瀨名櫂人一同在「最終決戰」戰鬥的聖騎士團團長。就算過了三年，其外表也沒有出現大改變，這也是因為跟「機械神(Deus ex Machina)」融合的影響。

只不過，描繪了白百合紋章的鎧甲上全是黑黑的血。

＊＊＊

「原來如此……就余看到的那副鎧甲判斷，王都遇襲的報告似乎是事實。」

「當然嘍，不可能只是為了謊言或玩笑話而叫來閣下。不過，虧妳會回應那種曖昧的召集聯絡，再次感謝。」

「究竟是為什麼會變成那樣？」

「有數名文官心神大亂，通訊員沒等我確認就釋出裝置了。我想半吊子的報告一定讓妳感到混亂了，抱歉。」

伊莉莎白點頭回應伊莎貝拉的道歉。確實發生了會讓文官心神大亂的狀況，然而她仍是將雙手扠到腰上。

「是有急迫性，還是沒有呢？沒有的話，余要回歸自己的部隊了。雖然不是隊長的料，不過既然接下這份差事，就必須達成使命才行。」

「很遺憾，急迫性『其實是有的』。先過來這邊一趟吧。」

在伊莎貝拉的帶領下，伊莉莎白在地下陵墓裡面前進。她來回環視通道。

與三年前為了知道世界真相而造訪時相比，內部裝潢全部都換掉了。各靈廟活用原本的造型變化為執務空間，先不論好壞，總之莊嚴感與神聖氛圍都消失得一乾二淨。

各處都裝飾著從獸人那邊拿到的植物，似乎正藉由發光的苔蘚跟花朵，還有會產生空氣流動的葉子進行換氣，同時調節濕度與光度。託這些植物的福減緩了閉塞感。

通道上擠滿了打扮跟身分都形形色色的人們。年輕女傭們惹人憐愛地前進著，貴婦人跟公爵不滿地走著路，聖騎士們大步前行。這是因為將室內分割為各自專屬的使用空間，在結構上是不可能的事，因此沒辦法做奢侈的要求。託此之福，完成了一個不分貴賤的空間。

對於在王都漫延開來的現象而論，這實在是渾沌又奇怪的光景。

（這個亂成一團的狀況，會因為這次的騷動而拖得更久吧。）

伊莉莎白這麼想著，一邊邁步走下冗長的階梯

在過去，連聖騎士們都受到欺瞞，以為陵墓只到地下五樓為止，因此從第六層開始是沒

有靈廟的，所以有很多空間能夠自由運用。如今配合用途，新設置了許多個房間。

伊莎貝拉接近其中的一個房間。敲了敲一道特別簡樸的門扉後，她叫喚某人。

「是我，伊莉莎白閣下帶過來了。」

「哎呀，這個也出乎意料，妳（Lady）早早就抵達了嘛？【看樣子似乎是沒有跟隱居的看門狗一樣，在曬得到太陽的地方成天睡懶覺而讓第六感變遲鈍。】」

獨特口吻的回應響起，與其說是懷念，不如說已經聽膩了。

伊莎貝拉打開門扉，伊莉莎白也邁步向前。壁面全被資料櫃填滿，地板上也沒舖地毯，稀有礦物裸露而出。這裡整體感覺很狹窄，是一個有著倉庫風情的房間。中央有如要給予最後一擊似的擺著像是石台的粗糙桌子。

毒舌之主站在它的前方。

那是一名跟口氣很不搭調、有如洋娃娃般的美麗少女。頭髮是蜜色的，眼眸是狀似寶石的薔薇色，肌膚勝雪白皙如瓷。她在纖細身軀上面穿著要說是衣服會很嚴苛的束縛風洋裝。對方正如伊莉莎白所料，少女表情紋風不動地表示歡迎。

「歡迎光臨，小姐。【這正是再會就在地獄之門重逢後呀。】」

等待在那兒的，是黃金【拷問姬】貞德．多．雷。

＊＊＊

（唔——）

這場重逢完全沒伴隨著一丁點懷念。在這三年間，伊莉莎白跟貞德頻繁地見著面。然而從正面眺望後，伊莉莎白再次有了實際的感受。

貞德稍微長大了。

原本就外形佼好的四肢變得更加修長，站姿宛如展示中的藝術品。然而與同年齡層的少女們相比，她發育的狀況很慢。這是因為只要跟哥多．歐德斯一樣不去享受老化，力量強大的魔術師就能夠凍結肉體的年齡吧。本人的理想雖然不明，但貞德似乎有在放緩生長速度。

而且跟發育狀況無關，她戲謔的毒舌依舊健在。

「怎麼了，目不轉睛地看著我？【剛剛才見過面吧，是老年痴呆了嗎！】」

「哎，的確，才剛跟妳見過面啊……想不到在僅僅數小時內，居然就陷入了莫名其妙到這般地步的事態，就算是余也很驚訝喔。」

「嗯，這點我表示贊同。才剛返回王都就立刻遇襲，教人有點措手不及。【再怎麼說也沒這樣搞的吧！就算把三流戲劇重新改編，這個腳本也會被觀眾噴翻天！】」

這次貞德也相對率直地點頭同意。

畢竟在今天晚上還很早的時間帶，她還在獸人之國。順帶一提，她在煩惱自己跟伊莎貝拉的關係所以才造訪的。幾乎是單方面劈哩啪啦地說了一大串話後，貞德就返回王都了。

之後立刻發生了薇雅媞的悲劇，據說王都也幾乎在同時遇襲。如果回歸的時間略有偏差，貞德應該就會在獸人之國遭遇黑衣男。

搖曳蜜色秀髮後，黃金【拷問姬】聳聳肩。

「這三年間王都很平靜。居然連前兆都沒讓我們感受到，敵人也挺行的。【那麼，我想妳那邊事情也變得很荒謬吧，情況怎樣？】」

「嗯，跟妳預料的一樣喔，貞德。而且伊莎貝拉也聽一下吧，有一個惡劣至極的消息……不，等一下。在那之前——」

沒有事情比獸人皇女遭到殺害的報告還重要。就算如此理解，伊莉莎白仍是不由得停止說話。她快步走近桌子，瞪視放在桌上的東西。

「這個，是怎樣？」

那東西近似於嬰兒，不過也是肉塊，或許是灰色的黏土工藝品吧。不管怎麼看都是生物的屍骸，卻讓人無法想像它活著時的模樣，它就是這種玩意兒。

背對任誰都會望之生厭的異形，貞德沉著冷靜地做出回應。

「就算問我『是怎樣？』，妳也應該知道才對吧？畢竟問的人不是別人而是妳。【也太快忘記了吧！不是曾經親手殺掉嗎！】」

伊莉莎白的確知道「它」。

那是終焉來訪前的事情。王都被「君主」、「大君主」、「王」三體融合而成的肉塊吞噬。在戰鬥的最後，伊莉莎白與櫂人在巨大肉塊的內部與「它」對峙。

跟灰色的異樣嬰兒對峙。

「──是『惡魔之子』嗎？」

「王」跟「大君主」的契約者是一男一女。雙方的肉體崩壞、融合，進行擬似性交的結果誕生了本來不會──在惡魔與惡魔之間──形成的忌子。

（的確，「這個」跟「那個」很像。）

伊莉莎白觀察異形的全貌，外表幾乎相同。發達的寬廣肩胛骨讓人聯想到有著奇異形狀的翅膀。然而，伊莉莎白卻感覺到不小的不對勁。

「跟以前遭遇到的嬰兒相比還挺小的，而且那東西跟其他惡魔們一樣，死亡後遺體應該無法在現世維持下去才對……為何這傢伙仍留有原形？」

「這個疑問很有道理，正如閣下所言，襲擊而來的【惡魔之子】們幾乎都在死亡後崩壞了。只有在瀕死狀態下抓到的這一隻，奇蹟般地保存了下來。」

「前陣子在惡魔崇拜所裡面，抓到了在研究隨從兵屍骸保存方式的魔術師。我們應用了他的資料跟技術。【變態的興趣一旦昇華，也能幫上別人的忙呢！只不過不曉得他把隨從兵屍骸排列在寢室，每天晚上都在搞什麼鬼就是了！】」

貞德流暢地陳述有毒的話語，伊莎貝拉一看就曉得地慌張了起來。

殘留在機械間的肌膚染上紅暈，伊莎貝拉刻意清了清喉嚨。

「咳，咳咳。我說啊，貞德。就妳長大的環境而論，我能理解要妳改掉說話方式是挺困難的。不過，跟我屢次拜託妳的事情一樣，可以請妳至少控制一下低級的表現方式嗎……我覺得像妳這種惹人憐愛的少女，是不該說出那種話語的。」

「好，我閉嘴。」

「哦？」

貞德倏地保持靜默，那個桀傲不馴、狀似有禮其實無禮的黃金少女安靜下來了。

在咫尺發生的對答的意外性讓伊莉莎白揉了揉眼睛。在這段期間內，貞德也挺直背脊，宛如認真學生般保持沉默。伊莉莎白不由得開口詢問。

「呃，余說啊，妳們之間的上下關係是何時變成這樣的？」

「現在情況危急唷，不解風情之人（Lady）。我們就極力避免不必要的話題。問題在於它出現了許多隻。【而且多到像是來不及處理屍體時出現的蒼蠅那樣多！】」

「抱歉，貞德。輕率的表現也請妳控制一下。」

「我安靜。」

貞德倏地閉上嘴巴。這是要余怎樣當作沒看見啊！伊莉莎白大感混亂。然而，貞德的遁詞也有其道理，現在的確不是做這種事的時候。

伊莉莎白硬是切換思緒，開口詢問伊莎貝拉。

「該不會只有嬰兒們襲擊而來吧，操縱者是誰？」

「嗯，大群【惡魔之子】跟一名魔術師……不，細節不明，還是別如此斷定吧……總之，是被統率者帶來的。」

「等等，細節不明？也就是說沒能抓住操縱者嘍？不過，至少屍體有弄到手吧？妳跟貞德兩人都在，總不可能讓對方逃走吧。」

「正是如此，沒讓對方逃走……不過，沒有屍體。」

「沒有？」

這是怎麼一回事——伊莉莎白瞇起眼睛。

是想起某事了嗎，伊莎貝拉也皺起眉心。她心情複雜地低喃。

「在終焉過後，對惡魔的恐懼感深植民眾心中。遇襲後立刻發生了一場大混亂。雖然差點就演變成慘劇，不過我跟貞德出馬後就情勢逆轉了。一看到情況不利，統率者就自盡了，而且還讓【惡魔之子】貪婪地吞食掉自己的屍骸，連骨頭的碎片都沒留下。」

「有可能找出身分的物品全被吃掉了呢。這可能是在某種意圖下刻意而為的行動，卻也是世間少有的事情。【根本就是瘋子的舉動啊！】」

「外表有特徵嗎？連種族都不知道？」

「襲擊者身穿小丑面具跟黑色衣服……真正的模樣不明。」

「——面具，跟黑色衣服嗎……」

伊莎貝拉如此回應後，伊莉莎白唔的一聲閉上嘴巴。

很難認為這只是巧合。王都襲擊者，跟臉戴半張烏鴉面具、身穿黑衣的男人是一伙的吧。其證據就是，世上唯有他察覺到【惡魔之間的交配】的重要性。

（「讓男女召喚低級惡魔，再破壞雙方的自我，讓他們創造出兩個小孩，接著再讓小孩之間互相交配。只要不斷這樣做，就有可能製造出純粹又強大的惡魔。就最終結果而論，能夠完成擁有目標之力的惡魔」。）

伊莉莎白反芻黑衣男的話語。換言之，襲擊王都的嬰兒們正確地說不是「惡魔之子」，而是應該要稱為「惡魔之子的孩子」的存在吧。他們是達到理想結果前被創造出無數具的劣等副產物，因此可以認為他們的身體既小又脆弱。

如此理解後，伊莉莎白開了口。

「余把握狀況了。特別是關於王襲的襲擊，余得到了相關情報。」

「居然有這回事，是真的嗎，伊莉莎白閣下？」

「嗯。不過，得先告知妳們『最壞的消息』才行。」

「獸人第一皇女法麗西莎．烏拉．荷斯托拉斯特，跟第二皇女薇雅媞．烏拉．荷斯托拉斯特被殺害了……是吧？」

沉悶的聲音忽然隔著門傳入耳中，伊莉莎白心想發生何事回頭望向後方。

話語聲傳出，緊接著門扉也同時緩緩開啟。

「方才世界樹那邊傳來悲痛的消息……真的是很悲哀，很大的損失。」

臉頰上殘留雀斑痕跡的青年走進室內。從氣派的立領一直到絲綢製的室內鞋為止，他穿在身上的服飾盡是高級貨，而且那些物品也跟站姿很相配。只不過那張臉孔卻很樸素，跟在小村書店老老實實工作的模樣很相稱。

伊莉莎白瞇起眼睛，不可思議地對他感到眼熟，然而印象卻很薄弱。

「唔，是誰啊，完全想不起來……你是何人？」

「陛下！您居然大駕光臨這種地下室！」

「陛下？」

伊莉莎白拉高音調如此說道，伊莎貝拉跪地行禮，貞德毫無反應。然而被伊莎貝拉用視線告誡後，她連忙打算彎下膝蓋，青年舉起單手制止這個舉動。

「免禮，放輕鬆吧……妳也是喔，伊莎貝拉．威卡。很久沒跟妳直接見面了呢，妳方才的活躍我已經有所耳聞，還是一樣了不起。」

「是，承蒙誇獎不勝惶恐……那個，恕臣下失禮，陛下為何來到此處？」

「什麼啊，是終焉時率先前往『世界樹』避難，直到最後的最後都沒出來的小鬼嗎？爛到底的心性多少有了些改變嗎？」

伊莉莎白雙手環胸如此詢問，這番無禮言論讓伊莎貝拉在機械之間的肌膚失去血色。

終焉時，伊莉莎白正擔當著「惡魔御柱」，因此她沒立場責備別人，基本上也沒那個意思。然而她卻非得挖苦王一句話不可。

將一切託付給【狂王】瀨名櫂人後，他就逃進了世界樹。那是只要有半步出現差池，人類就會全滅的行動。王將自己的國家與人民推給少年的善意，直到結果出現為止都沒回來。

伊莉莎白沒有撤回這番話語，伊莎貝拉身體前傾大吼。

「伊莉莎白閣下，就算是妳這也是大不敬喔！」

「不，就當著本人面前說這點而論還行吧。別說是人民，我知道就連眾臣下也在背後竊竊私語。『膽小王』、『王家之恥』、『懦夫青蛙』——沒錯，我正是馬庫雷烏斯・菲力安那，一馬當先逃往國外，『歷代最差勁的王』。」

青年如此斷言，但卻也沒有自暴自棄豁出去的樣子。馬庫雷烏斯，那個可悲的年輕人只是肯定自己的醜聞，這個意外性讓伊莉莎白揚起單眉。

看到她的反應，年輕的王發出輕笑。

「也用不著納悶至此……只不過是總算能直視自己的汙點這種程度的事罷了。不論是多麼可悲的人類，多少都是會變的。只要有個契機的話。」

「契機？」

「我也有著一顆『憧憬英雄的心』，就是這麼一回事。」

（所謂的「英雄」——指的是誰呢？）

伊莉莎白微微扭曲臉龐。在這個世界裡，沒有被如此稱呼的萬能存在。

如果有英雄，櫂人就不會成為【狂王】了吧。然而在她提問前，馬庫雷烏斯就邁開了步伐。觸碰【惡魔之子的孩子】的屍骸，針對它們的罪惡——對民眾造成的損害簡潔地說教並且祈禱後，馬庫雷烏斯再次面向伊莉莎白。

「來談一談吧，伊莉莎白．雷．法紐。我就是為此而造訪的。王都與——如今是親愛友人——獸人之地出現了新的威脅，正是因為如此……」

深深吸了一口氣再吐出來後，馬庫雷烏斯提出問題。

用著遙想在久遠昔日曾經仰望過一眼的那個英雄般的語氣。

「如果是瀨名．櫂人閣下，面對這個危機會如何行動呢？」

＊＊＊

那僅僅是三年前發生的事情，然而，感覺上也像是上百年的昔日往事。

「回歸王都後，我開始綿密地調查起瀨名．櫂人閣下。我就老實地說吧，我之所以開始調查他的來龍去脈，是為了要尋求拯救人世的【狂王】的瑕疵。」

馬庫雷烏斯宛如懺悔般如此開口，他瞇起濁綠色的綠眸。

就算用不著說明，伊莉莎白也能察覺到他尋求瑕疵的理由。避免終焉後，馬庫雷烏斯深切體認到了吧。就算其存在既是謊言又扭曲，拯救人民之人仍是會比真貨更加受到讚許。沒人會打從心底歡迎逃亡的王。雖沒向民眾公開，【狂王】的種種傳聞至今仍是悄悄且狂熱地被低語著。這是理所當然的結果。

然而，對於只是花瓶的青年王而言，這是一個過分殘酷的現實。就這樣，他開始調查了起來。

為了在心中貶低瀨名權人，以保有自己的尊嚴。應該是這樣子才對。

「愈是進行調查，我就愈是對自己的無知感到震驚。我的身邊之人都被換成重整派，直到終焉開始前都沒察覺到教會失控……繼續調查下去後，我終於感到絕望。世界命運分曉的那一天，站在圓桌上的他──只是比我還要年輕幾歲的平凡少年。得知瀨名．權人的年齡時，我失去了找藉口的方式。他成就偉業，我則是逃跑了。沒有理由足以顛覆這個差距。」

就算是面對自己認識的「他」，也是我輸了。

心灰意冷的同時，馬庫雷烏斯搖了搖頭。伊莉莎白依舊是默不作聲。

如果無能的話，王被嘲笑也是理所當然的事情。立於上位之人甚至擁有行使暴虐的權利，不過有時也會被嘲笑，運氣不好時就算是無辜之身也會被吊死。淪落至馬庫雷烏斯這般田地的話，看是要摀住耳朵活下去，還是忘掉恥辱惱羞成怒才是賢明之舉吧。然而，他並未停止述說。

「在這次的災厄中，兩名皇女遭到殺害——沒錯，或許會有生命危險。不，是有的吧……即使如此……我、我一直在逃避，所以這次一定要……」

馬庫雷烏斯有如自言自語般，用混雜著明確膽怯之意的顫抖語氣低喃。他緊緊閉上眼瞼，然而卻又宛如揮開某物似的睜開雙眼。

「這次我一定要在王都見證災厄。『膽小王』之所以沒被彈劾，就只是因為三種族沒有餘力去做復興以外的事情罷了。倘若應對方式再次有誤，我就會被趕下王座。」

「什麼都無法達成的無能者，事到如今還執著於地位嗎？真可悲啊。」

「不對，事到如今有什麼好執著的！如果情況許可，我就立刻退位隱居……」

馬庫雷烏斯如此大喊，回應伊莉莎白的揶揄。然而，他卻猛然一驚繃緊臉龐。馬庫雷烏斯用凍結般的表情望向伊莎貝拉。她搖了搖頭，表示什麼都沒聽到。

既然如此，為何要留下來做困獸之鬥呢？伊莉莎白用視線如此詢問後，馬庫雷烏斯做出回應。

「教會的權威墜入谷底後，我身邊的人一個換過一個，連事後的報告都沒有。如今，教會的支持已不再具有效力。既然強大的後盾已不復存，由誰坐上下一個王位肯定會引起糾紛吧。根據預測，會無視我的指定逕自報上名號有意角逐的人們之中，有人抱持歧視其他種族的主義，有人疑似支持『重整派』，有人的訴求是藉由復興強化武力，像這些人應有盡有任君選擇……然後，人類沒有再次忍受內部紛爭的體力。」

馬庫雷烏斯壓住自己的胸口，沉重壓力引起的反胃感似乎襲向了他。

勉強讓呼吸平穩下來後，他再次開口。

「蠢人也有蠢人要扮演好的角色。『戴著王冠的小丑占著王位不放』，如今這樣就足夠了。我應該當的是『老屁股』，為此我必須抗爭，戰鬥才行。」

——就像瀨名．櫂人那樣。

（所謂的死就是無，然而卻並非斷絕。）

伊莉莎白忽然浮現這個念頭。就算本人死亡，只要世界不終結，就會有後繼之物。人的一生很短暫，即使如此還是有人能夠刻下自身存在過的痕跡。

正確來說，瀨名櫂人並未死亡。然而，也很難指著他的現況說「還活著」吧。瀨名櫂人連生命活動都無法停止地「死去」了。即使如此，他仍然明確地刻下自己活過的痕跡。也像是傷痕般的那種令見者為之心痛的活法，似乎對意想不到的人造成了影響。馬庫雷烏斯對瀨名櫂人的憧憬是貨真價實之物。

感到懷念與心痛的同時，伊莉莎白反芻某句話語。

（「如果是為了妳，我什麼都當得了，也什麼都做得到喔。」）

這是蠢到難以測度，單方面的、醜陋又傲慢——卻也美麗的告白。

有時候人會憧憬違反倫理的存在，尊敬並非英雄的人。這真是難以理解的事。然而，這種孩子氣的情感確實也能改變些什麼。

例如，甚至會去拯救世界。

（怎麼辦，櫂人？你被真正的「王」崇拜了呢。）

伊莉莎白以「死者」為對象無言地如此詢問。那個人只會困惑地說「是為啥啊？」，畢竟他就是這樣。她對自己的想像露出微笑，卻還是立刻抹去這個表情。

伊莉莎白・雷・法紐靜靜開了口。

「你的決心與余何干，一切都要等結果出現後再說喔。只不過——」

王的決心或許與顛覆汙名的偉業有連繫，卻也有著令精神荒廢的危險性。「拷問姬」無意下達這個判斷，她只是抱持些微的不耐感繼續說道：

「瀨名・櫂人曾是余『愚鈍的隨從』。那小子就只是一個隨從——不是王。要憧憬自稱【狂王】的笨蛋是你的自由，不過別迷惘如果是他會如何思考。王不是別人，而是你。如果有所自覺，就自己做出判斷。如果捨棄逃避的權力，決定『就是這樣』的話，就有如傲慢又誠實的奴隸般，作為萬物的支配者活下去吧——這正是所謂的王。」

一口氣吐出這番話語後，伊莉莎白閉上眼睛。她回想薇雅媞的身影。

直到臨死前，薇雅媞都一直是皇女。她抹殺對死亡的恐懼，以自身為傲。然而，沒人知道那個選擇對她而言是否是真正的幸福。從旁觀者的角度來看，破壞一部分心靈的模樣令人悲痛，也只是愚昧之舉。但卻也是應該被讚揚的強韌。

（愚行貫徹到底就是信念了……這個選擇不會被否定喔。）

既然做出選擇，就必須站起來，不這樣做就只能倒下。丟臉之舉是不會被允許的。

因此，伊莉莎白低聲喃道：

「你無疑就是王，並非小丑。不論別人怎麼說，這個事實是不會顛覆的。」

「我……」

「別用自己對他人的憧憬當作心靈支柱。人們會吊死他人，連神都會殺人。以自豪為糧食活下去吧。只要深信『自己有成就某事的價值』就行了，不論世俗潮流為何，都不要失去自己心中的某樣事物——不然的話，不論過多久你都只會是一隻蠢豬。」

沉默落下。自己說了一大串無聊話語呢，伊莉莎白發出咂舌聲如此心想。面對一連串的無禮言論，伊莎貝拉六神無主地上下搖動雙手。然而馬庫雷烏斯卻眨了眨雙眼後，放緩唇角兩側。

「我就道個謝吧——看樣子我還有很多可以反省的餘地。」

「哈，在你沒當下立刻處罰余的時間點上，別說是有反省的餘地了，根本就是膽小鬼喔。」

「的確，打從剛才開始的言行確實犯下了不敬罪呢。」

馬庫雷烏斯認真地點點頭。是在擔心這件事嗎，伊莎貝拉動作的激烈度增加了。然而與話語相反，馬庫雷烏斯只是面帶微笑。

伊莉莎白用複雜的表情搔搔臉頰。她搖搖頭，彈響手指。伊莉莎白用黑暗與花瓣造出了兩張彎腳椅，重重坐上其中一張。

伊莉莎白高高蹺起美腿。

「隨便啦！要回歸正題了喔，給余聽好。」

馬庫雷烏斯點點頭，坐上剩下來的那張椅子，貞德也造出兩張造型樸實無華的椅子。她跟伊莎貝拉一同入坐後，所有人都擺出準備聆聽的態度，伊莉莎白點點頭。

「有幾個很重要——像是惡劣玩笑般的情報。」

她緩緩開始講述。

關於【異世界拷問姬】愛麗絲·卡羅，以及戴著烏鴉面具的男人的事情。

＊＊＊

「——就這樣，余接到通訊裝置的聯絡後，轉移到了人類之地。」

伊莉莎白講完簡短又充滿戲劇性的一幕。

這果然是一個奇妙的事件。綜觀全體而論是悲劇吧，不過在每個部分卻又像是喜劇，而且也很沒有現實感。既悲傷又鮮明，曖昧到荒謬的地步。

皇女等人死亡的細節讓馬庫雷烏斯緊咬唇瓣，伊莎貝拉浮現沉痛表情。貞德蹺著腿，幾乎要走光地裸露股間。她搖曳蜜色秀髮再次聳肩。

「『轉生者與惡魔肉的價值』、『世界的變革』、『關於惡魔之間的交配』、『異世界拷問姬』——原來如此，在終焉的混亂中，情報管理的確變得隨便了。【就算這樣好了，也別老是盯上最糟糕的地方啊，混蛋！】」

「嗯，而且還都是普通人不會察覺到的地方呢。」

「雖是敵人，卻幹得很漂亮就是了。【意思就是小毛賊最清楚寶石的價值啦】。」

貞德不改像是玩偶般的表情撂下話語，伊莉莎白點頭同意。

伊莎貝拉加速臉頰上的齒輪轉速，以僵硬的語調詢問。

「【世界的變革】嗎？令人產生壞預感的詞彙。那些人打算繼續進行像這次慘劇的行為嗎？有必要因應敵人的目的變更王都防衛法，我想正確地掌握情況。」

「不得而知。在【世界變革】的具體目標都尚未明瞭的情況下，很難做出十足的推測。雖然成功收拾了這次的襲擊者，卻也不可能就此告終。然而就算想要調查實際的狀況，那些人也是突然出現的。王都襲擊者的屍體被啃食殆盡，薇雅媞宅邸的覲見大廳也被堵塞了。」

「亞人之國狀況如何呢？【這麼一說，那些可疑的蜥蜴傢伙們沒事吧？】」

「無須擔心。剛才有聯絡上，據說沒發生大事。他們似乎在襲擊中逃過一劫了，不過為了小心起見，還是配置了砲擊隊。拉·克里斯托夫大人也作為援軍過去了。」

伊莎貝拉做出回應，伊莉莎白點點頭。

終焉之後，關於出動聖人的許可制度大為放緩。這次派遣的拉・克里斯多夫是聖人中唯一擅長指揮與應用的人。既然他出馬，應該就無須擔憂。

沒錯，伊莉莎白將心思拉回自己思索的事。她用手撐住臉頰，靠在蹺著的腿上閉起雙目。

火焰在世界的底部燃燒著，某人發出哭泣聲。

像是終焉的災害造訪，所有人會無計可施地死去吧。

不祥的預感沒有改變。然而，某物接下來會如何行動卻依舊不明。

（余忽視了【惡魔之間的交配】這個情報的重要性，『拷問姬』實在是名不符實……不過，不只是余粗心，那個男人的想法也不正常。）

簡直像是腦袋裡飼養著地獄似的。

在黑衣男的思考方式與設想力之中，可以看見與常人之間的顯著差異。惡魔同樣也是可以輕易超越人類想像範疇的存存，可以說兩者很類似吧。

而且，伊莉莎白心中有個人酷似對方的人選。

（……雖然想盡可能將那傢伙的存在永遠葬送在記憶的彼方……）

她厭惡地扭曲臉龐。然而，如今也不是將私情放到前面的時候。就現況而論，沒那個時間去擔憂之後的事了，至今戰力也陷入致命性不足的狀態之中。

有時候要打倒邪惡，就只能仰賴其他的邪惡。

「拷問姬」無疑就是【邪惡】。然而，仍然存在著連她都難以抵達的境界。

因此，伊莉莎白抓住了不斷掠過腦海的選項。

「沒辦法，余就走一趟吧……就像方才所述，權人的思考方式別說是用來參考，根本比灰塵還派不上用場。不過，如果是其他人的話，或許值得諮詢一下現況。」

「妳宣稱派得上用場的人究竟是誰呢？」

「哎呀，真稀奇。妳居然會主動前往『愉快又令人不悅的他(Arlecchino)』那邊？【這下子世界末日說不準明天就會到來喔！】」

馬庫雷烏斯開口提問後，貞德輕率地發出興奮聲音。她猛然回神壓住嘴唇，然後怯生生地偷看伊莎貝拉，幸好她正在思索那個人是誰。

呵呵呵，還好，呵呵呵。貞德如此低喃。

伊莉莎白眼睛半睜半閉無言地眺望完美的懼內模樣，一邊站起身軀。她彈響手指，消去自己的椅子。在紅色花瓣與黑暗的飛舞之中，伊麗莎白做出回應。

「嗯——是那傢伙，【在腦袋裡飼養惡魔的男人】。」

這個稱呼是由「十四惡魔的最高峰」【皇帝】所定下的。是曾經耳聞嗎，馬庫雷烏斯倒抽了一口涼氣，伊莎貝拉也瞪大眼睛，貞德則是微微扭曲嘴角。

就這樣，伊莉莎白不情不願地做出宣言。

「前往弗拉德・雷・法紐的身邊。」

4

新的守墓人

來寫「對不起」吧。

這件事看起來簡單，卻相當辛苦。

畢竟右手的手指向前彎曲了。它已經接合，所以已經不會搖來晃去。不過，還是以奇怪的形狀彎曲著。指甲被剝掉的痕跡也一直啪噠啪噠地滴血，所以很礙事。香菸燙出的燒傷也很痛，手肘也水腫了卻沒有任何感覺，這樣反而很可怕。因為肚子相當餓，所以連身體都沒辦法好好地移動，連拿起原子筆都很累。

不過，這種事跟壞孩子無關。因為我是「瞧不起這個世界」的「大廢物」，所以得「盡快」把我的「心性」「揍回原形」才行。

所以，來道歉吧。

來寫好多、好多的對不起吧。

直到徹底原諒我為止。

只不過老實說我完全不曉得要道什麼歉就是了。

因為，這世上似乎沒人覺得我沒錯。

既然如此，一定是因為我活著的這件事打從一開始就是很壞很壞的事。

對不起，對不起，對不起，對不起。沒錯，道歉吧。

不停地寫吧，就算筆記本血跡斑斑，沒人肯原諒我也一樣。

不過，現在手邊連可以寫的東西都沒有了。

對不起喔，我。對不起喔，紗良。對不，起，喔。

「──我，不該，出生的。」

所以──我，變成了愛麗絲喲。

被處以火刑的男人，從灰燼中實現了復活。然而，他並未活過來。

＊＊＊

如今的弗拉德原本就只是生前靈魂的「劣化複製品」，瀨名權人只是將它的容器從寶珠中移至人造肉體裡面罷了。然而就算沒有甦生，弗拉德光是能自行移動對三種族而言就是威脅。畢竟他擔任過十四惡魔的首領，也是製造出「拷問姬」的男人。就算劣化了，其存在本身仍可以說是地獄。

然而另一方面，事實上弗拉德也對世界的存續做出莫大的貢獻。如果他不站在我方的話，世界樹防衛戰會變得極其困難吧。

因此瀨名權人亡故後，關於弗拉德如何處置的判斷意見分歧了。

現在還不是將有用人才處分掉的時候，而且弗拉德頭部也遺留著瀨名權人安裝的自爆裝置。本人有云，對人類的敵對心早就沒了。

「與【皇帝】訂下契約，率領除了我們以外的十三惡魔掌握世界霸權嗎——不覺得雖然青澀，卻是一個真的很有【邪惡】風範的夢想嗎？所謂的壞蛋角色，目標果然就是要把世界顛覆個一次呢……不過，生前的我失敗了。就算想用劣化之軀再次挑戰全盛期也無法成就之舉，我也沒年輕到可以如此圖謀了。民眾這種亂七八糟的無聊事物再也難以引發我的興致。

不過，唔，果然你這種人才是特別的。我姑且問一下吧，對黑魔術有興趣嗎？」

以上就是弗拉德與拉・克里斯多夫會面時被記錄下來的供述。

結果教會選擇留他一命。在形式上是為了尊重瀨名櫂人的判斷，但其實還有其他重大的原因——除了一部分人士外，其詳情依舊被隱瞞著。

就這樣，弗拉德被允許可以生存下去。然而，他是會刻意刺激人類邪惡心的生物。讓他自由行動極危險，因此作為折衷案，在全場一致同意下決定幽禁弗拉德。

只要沒大事發生，他再也無法重見陽光與星辰的光輝。不過當事人對這個待遇似乎沒有怨言。自從被監禁後，弗拉德就肅穆地執行著任務。

「——是這裡吧？」

時間前進來到現在，伊莉莎白造訪了他的幽閉場所。

＊＊＊

「……唔，好久沒來到這裡了。」

伊莉莎白雙手環胸挺立於此，她前方聳立著一道比人類身材遠遠高出許多的門扉。其表面曾經布下會消滅觸碰之人的危險結界。

雖然被貞德解咒後就變得毫無防備，卻重新準備了用來限制出入的正經物品。伊莉莎白取出——得到伊莎貝拉與馬庫雷烏斯許可——而交由自己保管的鑰匙，並且將它插進追加上去的洞穴中。轉動鑰匙後，結界放緩了。

門扉漸漸朝內側開啟，嘰咿咿咿咿咿——聽起來也像悲鳴的聲音響起。

踹開漏洩而出的冷空氣，伊莉莎白走向前方。她環顧四周。

這個房間的模樣跟以前相比變得截然不同。壁面曾被不祥觸手覆蓋著，那是純白貓頭鷹跟桃色肉塊合體的怪物所幹的好事。聽聞擔任【守門人】的異形與【痛苦房間】內的被害者遺體以伊莎貝拉為中心，埋葬在通風良好的公眾墓地。

除去觸手後，壁面曝露出圓滑曲線。聖女製成的房間天衣無縫，在半球狀天花板的中心處，由多種水晶構成的照明在那兒散發著光輝。柔和光線緩緩搖動的模樣令人聯想到水底。被那些光線照亮的壁面上，有一部分以高超技術被刻下聖女的模樣。她抱著裹了布的肉塊，亞人隨從排列在她的隔壁。

伊莉莎白將視線停留在他上面。不論如何眺望，雕刻都沒有動起來。隨從的表情也依舊被隱藏在兜帽之下，數秒後伊莉莎白突然轉開臉龐。

她有如什麼事都沒發生似的將視線移至房間中央。在寬敞地板上一排又一排地排列著王族的棺木，而且在壯大的死者行列之間坐著一名男子。

他坐在奢華的椅子上優雅地看書，男子似乎是活人。然而，他卻異樣地習慣對創造出死亡的靜寂。他細心地翻動白色紙張，突然，男人闔起書本。

皮革封面發出乾燥聲響，書本開始從邊緣處變回黑暗與蒼藍花瓣。他回過頭。

「嗨，『吾之愛女(My Precious)』。前來這個只剩下死亡與沉默還有無聊的孤獨罪人的王族之墓有何貴幹？」

正如這番話語所述，這裡是地下陵墓最底層「痛苦房間」前方的大廳，也是安置王族遺體後被封印起來的場所。弗拉德一邊與眾死者一同被幽禁於此，一邊擔任看守人。

換言之，弗拉德．雷．法紐正是新任的【守墓人】。

＊＊＊

（亡故前任者如果聽到有這種後繼者，說不定會氣憤而死呢……不，如果是那個女孩的話，會一邊浮現微笑一邊動手扭斷弗拉德的脖子吧。）

伊莉莎白一半感到愕然地如此思考。前任者少女是超越虔誠，程度難以估量的扭曲信仰者。有鑑於這個事實，可以說這個調度有高度的諷刺意味。只不過新任【守墓人】的職責與前任大不相同。如今地下陵墓沒有「起始惡魔」，喪失了必須隱蔽的祕密。現在【守墓人】

的職責如同字面所述，就只是「看守墳墓」。

弗拉德一邊警戒盜墓者，一邊守護死者的安眠——弗拉德在這樣的表面原則下，每天都勤奮地看著書。雖然令人氣惱，但他的監禁生活也有一定程度的優雅。而且弗拉德還是一樣，心中別說是信仰心，就連神都沒有。別說是祈禱了，他還會指著死者竊竊私語吧。

就像「看吧，這個是腐肉，或是白骨」這樣。

對弗拉德而言，所謂的遺體就是物體，神則是現象。就這點而論，伊莉莎白的意見也一樣。兩人價值觀相近。另一方面，她對他抱持著不管拷問多少次都不會散去的怨恨。然而既然自己也是罪人，伊莉莎白也無意違抗教會的決定殺死弗拉德。相對的，她決定這輩子再也不跟他見面。然而，既然發生了始料未及的狀況，也只能放棄這個想法了。為了盡快解決事情，她開了口。

「人類王都與獸人第二皇女的館邸被『惡魔之子的孩子』以及率領什麼【異世界拷問姬】的人們襲擊了。其中一人的思考方式跟你很像，所以余想要你對這個狀況表示意見。」

「原來如此，『吾之愛女』居然有事拜託我。襲擊者們似乎是挺愉快的對手呢。」

點了幾次頭後，弗拉德站起身軀。他優雅地彈響手指，消去豪華的椅子。蒼藍花瓣與黑暗飛舞四散。在鮮明又黑暗的旋渦中心處，弗拉德感慨萬千地仰望天空。

「三年嗎，出乎意料比我料想的還要快不是嗎？」

他嘴邊果然洋溢著惡魔般的笑容。

＊＊＊

「──你是說，已經預測到會有襲擊了嗎？」

「哎呀呀，『吾之愛女』說了什麼話呀？根本無須回應，這是當然的不是嗎？」

弗拉德天真無邪到詭異地笑了，就像在說自己聽到了奇怪的事情似的。他依舊是一名擅長讓他人的神經感到不悅的男人，伊莉莎白沉默以對。

弗拉德有如跳舞般邁開步伐，喀喀的硬質鞋聲響徹在棺木之間。

「這種狀況遲早會發生的──妳應該明白這件事才對吧？地已經整好了。用舞臺來比喻的話，這是接下來只要演員到齊就可以開幕的狀態。」

「的確，流出太多情報了。什麼時候會有人濫用那些情報都不足為──」

「完全不對──如今已經不是這種程度就能了事的情況了。」

「……什麼？」

伊莉白揚起單眉，弗拉德說出的那句話是出乎預料之物。

他像是在演戲般，無奈地聳聳肩。弗拉德誇張地搖頭。

「像妳這種程度的人物，說真的是怎麼了呢？如此一來，甚至到了我那個一時的

『吾之後繼』還比較聰明的地步不是嗎？換言之，可以說是遲鈍層層堆疊，變得更加遲鈍了吧。」

「別在那邊說一大串廢話——到頭來，你到底想說什麼？」

「沒什麼啦，是很簡單的一件事喔，我的『拷問姬』！」

弗拉德用手掌抵住自己的胸口，有如歌劇演員般拉高音量，朝前方大大地邁出數步。弗拉德縮短距離，將臉龐湊近至伊莉莎白的鼻尖。

在她的咫尺之遙眨了眨紅眼後，弗拉德豔麗地低喃。

「妳是從何時變得如此愚鈍的？」

「——唔！」

聲音中帶有嘲笑之意，吐息有如親吻般觸碰伊莉莎白的唇瓣。瞬間，她轉動手腕。伊莉莎白從紅色花瓣與黑暗旋渦裡面抓住短劍。她用行雲流水般的動作試圖刨開弗拉德的腹部，他躍向後方避開斬擊。

看樣子他似乎對攻擊早有預料。看到外套下襬被割開後，弗拉德點點頭。

「一樣個性急躁嗎？我不太推薦妳老是留下弱點呢。只不過對妳來說，這樣或許比較好就是了。如果要加入【愚鈍羊群】的行列，這樣活著比較容易吧。然而就現況而論，這是不應該期望的變化。想被大卸八塊放到盤子上的話另當別論就是了。」

「都說了，你幹嘛那邊扯一堆毫無關係的瘋話。」

「要說有沒有關係的話，那當然有關嘍！『我正在說話』！在講『【神與惡魔的事情】喔』！」

弗拉德有如在編織臺詞般，抑揚頓挫地如此說道。伊莉莎白閉上嘴巴。

他的言行像是小丑似的，然而可怕的是，這個男人並非傻瓜。在戲謔的臺詞深處，很有可能沉澱著化膿的真相。

如此判斷後，伊莉莎白消去短劍。在飛散的花瓣中，她淡淡告知。

「有的事物只會映照在小丑眼中吧，你可以繼續說。」

「三年前，世界差點殘酷地迎來終焉。這個命運應該是任何人都無法改變才對，卻被一人之手顛覆了。少年背負起『神』與『惡魔』，在【世界的盡頭】入眠。在他的活躍下，生者們平安地免於終結。最大最多數的幸運，無疑可以說是世界的幸福。可喜可賀，可喜可賀——這樣也行吧。」

然而，就算某人的故事結束，其他事物還是有後續。

弗拉德吊起嘴角，他浮現新月般的笑容展開雙臂。受到水晶複雜的光芒照射，弗拉德的影子朝四面八方延伸，就像已經不存在於這個房間的怪物似的。

「世界延長了壽命，就像這樣依然健在。既然如此，下一次的開幕鐘聲就會重新響起。」

——就是這麼一回事。

他浮現惹人厭的笑容，那是惡魔般的表情。明明是這樣，他卻沒有要進入正題的樣子。伊莉莎白感到心中湧上不耐與殺意。是有所察覺嗎，弗拉德彈響手指改變態度。

「正是如此，鐘必定會響起！試著思考看看，『吾之愛女』。『神』與『惡魔』足以創造、毀滅世界。在這次的狀況中，三種族全體已經確認了祂們是實際存在的。」

「正是如此，但是……事到如今，開口確認這件事的必要性在哪裡？」

「改變視點吧。也就是說，『有方法可以毀滅世界的這個事實至今仍被掌握著』。」

「────！」

伊莉莎白簡短地倒抽一口涼氣，這也是平常人不可能產生的設想。在得救之人拚命過生活的情況下，果然唯有這個男人正注視著另一件事。

身為明確的【惡】，弗拉德盡情嚼動舌根。

「共享詳細的情報這一點確實是問題吧。然而，『生存者的常識變化』才應該稱之為最大的威脅。如今『不論是誰都曉得世界是可以讓它終結的』，因此終焉已不再是曖昧的夢想也並非傳說，而是化為現實了。」

真的到現在為止都沒察覺這個意義，以及其恐怖嗎？

（的確，回避終焉後──世界的常識有一部分被刷新了。）

弗拉德的聲音很溫柔，甚至帶有憐憫之意。伊莉莎白用力握緊拳頭。

終焉是「活人能引發的現象」一事已被證明。與叛亂的十四惡魔被「拷問姬」與教會肅清的這種小事相比，這是分量截然不同的情報。這正是將世界的觀點加以轉換的重要因素。如同黑衣男所言，「觸發想法，就是情報真正的價值」。

「也就是說，這次的狀況只是發生了必定會發生的事，而且今後也會一直發生──你是這個意思嗎？」

「嗯，正確答案。『終焉會到來，也能令世界終結』。既然這件事已被證明，就必定會出現某種意義而論可說是天真無邪、想說自己也來試看看的人吧。畢竟──」

弗拉德加深惹人厭的笑容，用至今為止最戲謔的態度宣告惡劣至極的預言。

「因為『所謂的壞蛋角色，目標果然就是要把世界顛覆個一次』呢。」

＊＊＊

「理解了嗎？災厄不會結束，今後世界會一直持續畏懼終焉的腳步聲。然而『吾之後繼』封印了掌管『重整』跟『破壞』的神與惡魔，因此過程跟結果應該都會受他的處置方式影響而改變才對……更重要的是，如今應該要集中精力克服目前的危機吧。一邊擔憂將來，一邊加入死者的行列可說是滑稽至極。」

來回眺望棺材後，弗拉德輕蔑地如此嗤笑，伊莉莎白點頭同意。

關於櫂人之後的處遇，還不是應該要去思考的事情。她刻意將思緒傾向其他事情上。

在除去聖女像與移動棺木後，據說陵墓有第三代王的幽靈出沒。然而，新的【守墓人】是這副德性，所以會這樣也很正常吧，如此心想後她奇妙地產生認同感。在這段期間內，弗拉德也繼續說著話。

「不過，雖然兜了一大圈，我還是來試著考察一下襲擊者們吧。被切成一半的烏鴉面具跟身穿黑衣的男人，以及【異世界拷問姬】，還有妳感受到的『受虐者』的這個印象。一切都饒富深趣又棘手。單純只是壞人角色的話，那事情就好說了。不過，如果對方是『復仇者』，事情就另當別論了。動機愈是正常，執念也會愈變得愈深，方法也會更加扭曲。」

「【復仇者】嗎……唔，嗯？喂，給余等一下。」

伊莉莎白不由得插嘴制止，因為弗拉德的話語中有許多疑點。

關於襲擊的細節，她連一個字都還沒提過。然而，弗拉德甚至提到了敵人的外表。哎呀——他刻意保持靜默，伊莉莎白深深地嘆了氣。

「也是呢，你不可能只是乖乖待在這裡。是在墓地裡進行竊聽嗎？」

「哈哈哈，對我的預測似乎沒變遲鈍，而是一針見血，真是光榮呢，『吾之愛女』。正是如此！只是看看書這種程度的事，怎可能有辦法排解我的無聊呢？」

弗拉德彈響手指，剛才那本書掉到他的手掌上。弗拉德得意地翻開皮革封面，自動筆記正將文字一一刻劃在純白色的紙張上，看樣子那似乎是城內之人的對話。仔細一看，連封面都不是皮革製的。那是用揉軟的人類皮膚層層相疊的素材做出來的。

弗拉德啪噠一聲闔上書，將書化為花瓣後，他接著說道：

「這是我生前所做，運氣好免於被沒收的魔道具就是了。這裡已經收齊了許多弱點，足以將此地之人以數十人的單位作為棋子運用。人不分貴賤地有著許多汙點，這件事很有趣。」

「現在余清楚地理解了喔，果然就只能把你燒掉再殺死。」

「哎呀請等一等，『吾之愛女』。我明白與煽情的名號與外表不同，妳意外地有著潔癖般的性格。不過，希望妳能放我一馬，火刑的痛楚體驗過一次就夠了。」

弗拉德有如在表示要投降般高舉雙手，伊莉莎白險惡地瞪視他。雖然看起來一觸及發，但他們卻也不是真心的。如果說至今為止是弗拉德一個人的舞臺，那這個對答就是幕間劇。麻煩的是，弗拉德有著喜歡跟「愛女和和氣氣交流」的傾向。伊莉莎白預測還能從他身上挖出情報，因此才選擇這種言行。

果不其然，弗拉德愉快地閉起單眼。他在自己的嘴唇前方豎起一根手指。

「很明白呢——真拿妳這孩子沒轍。」

「不准用這種憐愛的語調說話，虐殺你喔。」

「唔，灌入的純粹殺意在我預料之上……真是的，身為『理想的父親』，我要用寬容態度接受叛逆心，而且應該給予妳會想要出手幫助我的忠告吧？作為交換，妳要對我的『遊戲』視而不見……以上就是條件，如何呢？」

「事到如今不是提供情報，而是忠告嗎？雖不知你打算說什麼，不過行吧。如果有用的話余會考慮的，你就自己把自己的脖子接上去給余看看。」

「既然如此，我就來表演一下吧──薇雅媞那種程度的自爆，妳會死掉嗎？」

弗拉德態度一轉，用全然感受不到溫度的聲音如此低喃。伊莉莎白瞪大眼睛。

這是侮辱死者的話語。舉例來說，如果是昔日的瀨名櫂人就會表示憤怒吧。然而，伊莉莎白冷靜地接受了。她高速回想觀見大廳的記憶。

水晶內的植物爆發性地完成生長，被遺留下來的人來不及逃走，空間的每個角落就被塞滿了。然而，伊莉莎白擁有在類似的情況下成功脫身的經驗。在王都，以恐怖速度近逼的肉塊雪崩之下，她活了下來。就算是樹藤，也能想出幾種因應方式。

然而，弗拉德曖昧的批判，感覺像是在暗示更具體的某物。

為了小心起見，伊莉莎白將記憶繼續向後倒帶。愛麗絲──自稱是【異世界拷問姬】的少女──那張囂張的笑容鮮明地浮現。瞬間，伊莉莎白發作般地猛然理解。

（原來如此……的確，「拷問姬」劣化了。）

這副模樣不如說鈍刀還好一些，想不到居然直到此時此刻自己都沒有發現。

「──『蛋男』。」

「沒錯，一旦破掉，『就算國王的兵馬全員到齊也無法恢復原狀』。不過，只要『不從圍牆摔下來』，它就不會破。」

如果兩人還活著，現況就要從根底出現大反轉了。

伊莉莎白立即轉身。發足急奔之際，她用力踹了一腳棺木。第三代王的蓋子好像滑開了，然而這種事管他的呢。伊莉莎白如同箭矢般奔馳。

弗拉德的聲音從後方追上。流暢的低沉聲音撞擊牆壁，朝四方灑落。

「美麗之人沉浸於感傷中的模樣，簡直就像是藝術品呢，『吾之愛女』。如果範本是無可比擬的殘忍女性，那就更是如此了。然而，如今的妳也同時很醜陋。在過往時做出悲壯覺悟的妳，對我而言看起來更可恨、恐怖、耀眼，而且美麗。」

給余閉上那張鬼扯的嘴——話衝到嘴邊，伊莉莎白就咬住唇瓣。受到嘲笑是理所當然的事，「拷問姬」宛如牛隻般痴呆。她無法辯解，然而弗拉德卻有些悲傷地繼續說下去。

「妳應該發過誓的。」

自己是「拷問姬」，伊莉莎白・雷・法紐。是高傲的狼，也是卑賤的母豬。殘虐又傲慢，有如狼一般高歌享受生命後，會像頭母豬般死去。

（的確，這是余的誓言，也是驕傲。）

「拷問姬」享受被萬物詛咒、疏離、輕蔑、孤獨無依難看地腐朽的下場。

同時，她也有著不論是何人的死亡都能冷靜地一筆帶過的覺悟。只要是人，早晚都會死，沒有救贖地化為腐肉。在那之前必須貫徹自己決定的生存樣貌才行。

就算等在後面的只有與醜惡人生相稱、悽慘又難看的結局也一樣。

（應該是這樣才對，余是在何時變得如此——）

伊莉莎白搖搖頭，斷定混濁的思考只是徒勞。繼續六神無主更加丟臉是難以容忍之事，她吞下對自己的殺意與辱罵，將手伸向門扉。

瞬間，它擅自開啟。伊莉莎白停下腳步，差點正面撞上蜜色光輝。

對方發出也像是鈴聲般的硬脆聲音。

「哎呀，真稀奇呢，小姐。【像妳這種女人，居然會慌慌張張地趕路啊。】」

「貞德嗎？為何連妳都到這裡了？」

「是在說想不到情報已經傳到了嗎？【的確，如果是那個大叔，竊聽這種小事也是會做的吧】。」

「既然能料到他在竊聽，就去阻止一下啊！……等一下，妳剛才有提到情報吧？」

接下來發生了什麼事？

伊莉莎白低聲詢問。貞德輕搖柔順的蜜色秀髮，薔薇色眼眸眨了幾下。她絲毫沒有弄亂如同人偶般的美貌，淡淡地開始述說。

「各方面一齊傳來報告。首先是薇雅媞館邸檢測到龐大魔力。在那之後，黑衣男與洋裝打扮的少女出現在亞人之國。戰鬥一開始亞人那方就敗北了。為了保證王族、高官、一級純血民的性命，拉．克里斯托夫被當成人質了。」

伊莉莎白發出咂舌聲，她的粗心造成最惡劣的結果。然而，現在也沒空去後悔愚行了。

貞德歪著頭，依舊用冰冷語調繼續說道：

「敵方要求妳獨自前往。【那麼，要怎麼做呢，公主殿下（Little Princess）？】」

是去……

還是不去？

沙漠傳頌的祈禱歌

阿拉薩．艾那，太陽在「龍之墓場」升起。
阿拉薩．艾那，熱沙撫過銀骨。
吾等的故鄉是被金沙與焚風圍繞之國。
在高聳岩壁的最底處，應要守護的唯有此寶。
超越死亡所遺留下來的閃耀姿態，耀眼的大人啊。
在永恆沉眠的最深處，閣下的眼眸守護著種子。
尊貴的您的孩子們，均是良善之民。
不論何時何地，都請您相信。
阿拉薩．艾那，太陽在「龍之墓場」升起。
阿拉薩．艾那，熱沙撫過銀骨。
尊貴之人今日也在墳墓底部，作著安穩的夢。
願永永遠遠，不會有人弄亂泡沫時光。
阿拉薩．艾那，祝您幸福。
阿拉薩．艾那，祝您幸福。

記述在《【沙之女王】傳承記》開頭的詩

繼承【沙之女王】血脈的所有子嗣啊，
讓吾等長長久久地流傳下去／
即便吾等生命斷絕
不同於吾等的身影／
在紅鱗妝點下／
美麗之石／永遠的守護之手／
即使在沉眠中／
那位大人也與吾等同在
其名為

5
仙境之國

我想跟你說話。

恰如友人般閒談。

你不知道我的事情吧，就像人類無法掌握在路上爬行的蟲子之名。然而，我卻知道你這個人。如同在前往市場的路上，聖人之名都會自然而然傳入家畜耳中。

我與你的存在價值就是像這樣天差地遠。

我是明白的，事實就是事實，就只是如此罷了。不是身為聖人之過，也並非個人的罪行。

我無意要責備你，就只是想跟你說說話。

重複一次，像個友人般閒談。

我們能夠變親密吧。沒錯，我是如此期待的。然而，自從年幼時失去朋友後，我就不曾建立起新的關係，因此也沒有鐵證。不過，「想要變親近」的這個念頭如果你能夠相信，那我就太幸運了……謝謝，感謝你的理解。

嗯，問我為何是你嗎？這件事很簡單。

因為你也是被奪去一切的弱者。

被我同情是屈辱嗎？不是？噢，的確，你是不會這樣認為的吧。不過，你說不知道理由。對我而言，你的想法相當難以理解。

就我的角度來看，聖人們被奪走了許多事物。

舉例來說，就像你。

你的肺消失到哪裡去了？你的心臟被盜往何處？你胸部的血肉被削去哪兒了？你身為人類的模樣，是如何崩塌的？你沒有悲嘆的事情嗎？

如果神能更加大慈大悲就好了。

如此一來，或許還會有其他道路可走。

你不會祈禱嗎？不會哭泣嗎？不會感嘆嗎？宛如為了親近友人的悲劇而感到悲哀？無須原諒，不向任何人乞求。然而，有時還是會想要向親近卻又遙遠的人低喃。為了得到只有這條路可走這種像是安全感的錯覺。

希望你能讓我聽聽答案。

如何呢，拉·克里斯托夫？

＊＊＊

亞人之國有著金沙與險峻烈風，白天很熱晚上很冷。有會燃燒的液體，以及從「龍之墳場」量產的礦物——由高聳岩壁構成。

它並非料想會有敵襲而建造的防禦壁，而是為了防止混血者在國內移動的圍牆。亞人民眾根據純血度不同，會被規定其居住區域，居民不可自由遷徙。

伊莉莎白轉移至第一區域，也就是純血度最高之民的住所。

她揮灑紅色花瓣與黑暗，在因為沙子而很粗糙的石鋪面上面著地。

「那麼——」

伊莉莎白環視四周，在此地擁有居住權的人民很富裕。沙岩製的民宅用寶石以及連接一大串金屬板的驅魔飾物，手工縫製的遮陽布，以及多肉植物等物裝飾著。然而，門扉都關得緊緊的，連有人在裡面活動的氣息都沒有。伊莉莎白瞇起雙眼。

（記得在終焉時，雖然不像發生虐殺的第三區域那樣，但第一區域也受到了很大的損害。）

即使如此，在這三年之間應該也做了像是埋葬遺體或是建築物修繕之類的事，連倖存者精神狀況的安定化都完成了一大半。然而現在明明接近黎明，四周卻是寂靜無聲。

簡直像是第一區域的居民全滅似的。

關於只有死者居住的城鎮，伊莉莎白是知道前例的。就是「拷問姬」的故鄉。將那道牆壁內側化為墓場的人不是別人，就是她害的。然而——伊莉莎白思考。

（——還沒接到亞人們受到嚴重損害這種內容的報告。）

此地應該沒進行過殺戮才是。

黑衣男與【異世界拷問姬】，也有從邀請伊莉莎白入伙時的失敗中學到教訓吧。

他們以拉．克里斯托夫的投降作為交換，保障了人質們的性命。目前身為支配階級的人，被幽禁在祭祀「沙之女王」的神殿裡。被放過一馬的第一級純血民，以及等級稍差的人民，似乎都被命令不得離開家宅。這片靜寂就是因為如此吧。

高位純血者跟神殿被當成盾牌的話，他們絕對不會採取行動。亞人們同樣尊崇著純血與神殿，因為「沙之女王」的遺體被安置在神殿地底。

祭祀亞人之母——女王的地方，是用她的近親者遺骨打造而成。有一部分柱子寶石化，因此得到莊嚴美麗的評語。然而，伊莉莎白卻難以靠近那座傳聞中的建築物再救出囚犯，因為只要她靠近神殿，人質就會被殺光。事態就是如此。

（至今為止，亞人種一直頑固地拒絕著人類前往第一區域訪問。得到允許的前例就只有在終焉時趕往馳援的「狂王」而已。）

如今，這樣的人們被擺到會因為「拷問姬」——其他種族的罪人的一個行動而失去許多純血者的窘境之中，說起來真是諷刺。然而，這也不是對排他主義者的末路雙手一攤表示無奈的時候。

伊莉莎白緩緩邁出步伐。

通往宮殿的大路被塗成紅色的，而且上面被鮮豔顏色層層繪上複雜的圖案。那是編纂出亞人歷史的壯大圖畫故事。每往上走一步，就會響起喀喀的硬脆聲響。

她一邊用高高的鞋根削去每次祭祀都會用重新補塗的顏料，一邊前行。

宮殿是將特殊石頭切割、加工、然後以高度計算為基礎進行配置，疊成螺旋狀建造而成的。它就像是被隱藏起來的海螺——承受無數星辰光輝——在沙漠夜空的底部散發光輝。對人類而言，本來一輩子都不可能目睹它的威儀。

「拷問姬」拖曳黑髮，朝虹色接近而去。這個行動跟叛逆者們指示的一樣。

諷刺的是，就這樣展開的光景看起來也像是圖畫故事裡的一幕。

＊＊＊

「他們要求妳獨自前往。【那麼，要怎麼辦呢，公主殿下？】」

「——那就去吧。」

抵達亞人國度的數刻鐘前——伊莉莎白立刻回答了貞德的提問。

黃金「拷問姬」瞇起薔薇色眼眸。她似乎是預測到了答案，所以反應就僅此而已。走出門扉後，伊莉莎白在走廊上前行。貞德一邊跟在後面，一邊低聲喃道：

「的確，如今這就是上上策了吧。【雖然照著去做很不爽就是了。】就算『拷問姬』拒絕，如果連亞人王族跟拉．克里斯托夫都被殺掉的話，就超出可以視為外交問題交差了事的領域了。亞人甚至有可能開始侵略其他種族。【就算成功驅逐襲擊者，也要開始廝殺啦！這可不是異種族交流真麻煩這種等級的事情喔！】」

「沒辦法。就算在同族之中，政治思想跟宗教還有信念甚至倫理觀都不一樣。『完美地理解』他人只不過是錯覺。種族一旦不同，思想隔閡就會變得更加嚴峻……哎，亞人的純血主義余也有一些想法就是了。他們曝露出太多弱點了。」

伊莉莎白低聲回應。也就是說，亞人種做得太過火了。「沙之女王」在遙遠的昔日就死去了。血源漸漸變淡的種族憂慮很難傳達給其他人知道吧。然而，他們主張過頭了。

（如此一來會變成適合的目標，就像自己露出咽喉一樣。蠢蛋們……不過……）

如果沒有致命性地看漏那件事，伊莉莎白就有能力可以擋下凶刃。得對自己的失態負起責任才行。她開始統合思緒，貞德在背後詢問。

「那麼，具體來說妳有何打算？」

「具體而言是指？」

「哎呀呀……【別裝傻喲，『拷問姬（Fair Lady）』。按照吩咐腦袋空空地晃去那邊，然後被對方來一句好的結束了這樣？妳是這麼值得欽佩的女人嗎，啊啊？】」

貞德維持冷漠語調，就這樣編織出粗魯話語。伊莉莎白扭曲唇瓣。

大多數人認為貞德．多．雷的本質中，有許多並不適合自稱是「拷問姬」的地方。即使如此，黃金「拷問姬」仍然可以說是黑色「拷問姬」的優質理解者。

伊莉莎白搖動黑髮回過頭，有如歌詠般向她宣告。

（「聽好了，貞德。余會按照那些傢伙的要求前往亞人之地。在這段期間內……」）

「哎呀好厲害，這是為什麼呢？想不到妳居然真的真的一個人過來了！」

比貞德之物還稚氣的聲音敲擊伊莉莎白的耳膜。

同時，伊莉莎白也終止了茫然進行著的回憶。

鑽過宮殿之門後，她進入前庭，塗成紅色的石板變成敷有瑠璃色地磚的路面。蛇行的道路在左右兩側種著大片樹木與花草。植物被含有大量水分的優質黑土滋養著，那些土是從獸人之地進貨的嗎？綠葉之間能窺見豹彈性十足的影子，還有孔雀豪華的羽毛。仿造花朵造型的石製噴水池高高地噴出水。

在這種狀似樂園的光景之中，站立著純潔無瑕的白色。

在伊莉莎白的視線前方，【異世界拷問姬】——愛麗絲．卡羅輕輕跳了一下。

「嚇我一跳呢！嗯，真的相當驚人不是嗎！因為妳突然就出現了嘛！」

「這是余這邊的臺詞就是了……誰能想到居然會這麼快就在這裡遇上妳。」

伊莉莎白皺起眉心。把敵人叫來後，「女兒」應該要在「父親大人」身邊待命才對吧。伊莉莎白想說她是在幹嘛，結果發現愛麗絲似乎擅自採著庭園裡的花朵。

少女拎起帶有荷葉邊的裙襬，在布料凹陷處──考慮到外面是沙漠的話，光想想價格都令人害怕──盛著許多大花白百合。是理解到了什麼嗎，愛麗絲點點頭。

「嗯，我知道了！既然妳過來了，就用不著殺時間了呢！嘿！」

「嗯？」

愛麗絲踹向地面，有如兔子般跳躍。她差點走光般啪沙啪沙地上下翻動藍裙。白色花朵們飛向半空中。在百合亂舞之中著地後，愛麗絲露出微笑。

「也沒有遲到喔，真了不起呢，伊莉莎白。因為很了不起，所以愛麗絲我要好好誇妳一番。」

愛麗絲天真無邪又高傲地挺起胸膛，但她卻又慌張地整理起亂掉的裙襬。忙碌地整理好裙子後，愛麗絲屈起單膝，行了一個優雅的禮。

「伊莉莎白，歡迎來到『仙境（Wonder Land）』。」

「拷問姬」沒隱藏敵意。另一方面，雖說人是自己找來的，愛麗絲仍是天真無邪地表示歡迎。

這正是極不可思議，難以說是正常之舉的行動。

＊＊＊

「I'm late, I'm late！」

愛麗絲一邊高聲大叫，一邊奔跑。裝飾帽子的白色蝴蝶結有如兔耳般搖動著。

打完歡迎的招呼後，她突然牽起伊莉莎白的手跑了起來。據說是要帶路去路易斯那邊。既然對方握有人質，動手爭鬥也沒有好處，如此心想的伊莉莎白順從地跟著她。即使如此，愛麗絲天真無邪奔跑的模樣就只能說是詭異，而且她還會定期大喊：

「遲到了（I'm late），遲到了（I'm late）！」

「如果是在說遲到的話，不管怎麼想都是因為妳繞遠路害的吧。」

伊莉莎白如此批評，但愛麗絲並未停止亂走。打從方才開始，她就一直進行無用之舉。逐漸接近建築物後，愛麗絲開始在地磚上燒出蛇的圖案，接著這一回愛麗絲又有如要沿著那個圖案移動似的奔馳。才剛這樣想她卻急速迴轉，然後又衝向庭園。

就算是伊莉莎白也想開口抱怨了，就在此時。

「哎呀，是【奶油吐司的蝴蝶們！】」

「什麼？」

愛麗絲說出更加意義不明的話語。等待在她視線前方的，是一個用網子造出來的網室。她頭也不回地衝進其中，伊莉莎白也被帶了進去。

在那瞬間，她的視野被大量湧出的鮮明色彩覆蓋。有大量蝴蝶在飛舞著。那是在宮殿聚集起來飼養的蝴蝶吧，眼前展開了一片如同幻夢般的美麗光景。

愛麗絲發出歡呼，她揮動白皙手掌抓到一隻。

噗滋一聲，殘酷聲音響起。伊莉莎白不由得眨了眨眼。

愛麗絲壓扁蝴蝶的肚子，沒有絲毫迷惘與猶豫。她也從痙攣的身體上拔掉翅膀。將落至地面的四片紫色踩爛後，愛麗絲大笑。

「啊哈哈哈哈哈哈哈哈！呀哈哈哈哈哈哈哈！哈哈哈哈哈哈哈，啊哈哈哈啊哈哈哈，唉──────……………………………好無聊喔。」

「……唔。」

愛麗絲毫無前兆地不高興起來。她用力拉著伊麗莎白的手，開始走起路。眺望不知為何看起來很失落的背影，伊莉莎白做出某個結論。

（將獸人之國的行動也一併考量進去的話。這已經無法以這是稚子特有的殘酷來收拾了。）

愛麗絲．卡羅壞掉了。

損傷程度有無修復的可能是未知數。然而，對伊莉莎白而言這也是無所謂的事情。她是敵人的事實沒有改變，只是有許多地方讓自己感到介意罷了。

「接著是這一邊喲！然後下次是走那一邊！」

而且，愛麗絲本人似乎沒有身為敵人的自覺。她帶著伊莉莎白繞來繞去，就像是自己的好友似的。有如在樹籬迷宮中徬徨般、不可解地奔馳著。

不久後，愛麗絲在離宮前方停下腳步，是從王城那邊算起第三座的那個位置。

＊＊＊

「鏘鏘～到了！妳看，就是這裡喔，伊莉莎白！」

「特意把別人叫出來，結果抵達得還挺慢的嘛。」

伊莉莎白用嘆息回應活潑的聲音。她抬頭仰望眼前的建築物，那是一棟以細長瞭望塔為特徵的氣派館邸。伊莉莎白在腦海裡確認出發前背下來的格局圖。

（——是王的心腹的住所嗎？）

亞人之王不會在政治場合出面，而是由第一級純血民中挑選出來的高官們執行治世之責。王的主要職責是作為座位的象徵以及與純潔妻子的婚姻。為了延續血脈，推薦的是多妻制度。按照慣例應該是從各高官的直系中各迎娶一名才對。

後門的門扉握把加上了看起來也像是花冠的纖細加工。握住它後，愛麗絲向後一拉。側室們不准自由外出至中庭以外的場所，因此總是由隨從負責開關門。

因此，門的材質似乎很沉重。但愛麗絲不知為何不使用魔力，而是跟門扉戰鬥了起來。

「嘿，咻，現在父親大人他呀，在進行無聊到會讓人打呵欠的『大人談話』，不過如果聽到伊莉莎白過來的話，他絕對，絕～對會很高興的，所以放心吧！這門好重！不過，總覺得如果用上魔力，就輸了，呢。還有，我有找到，很適合妳的，糖漬花瓣喔，之後開茶會，分著吃，吧。」

「欸——『結城．紗良』。」

「愛麗絲」倏地靜默，愉快的氛圍如霧般散去。沉重又漫長的沉默持續著。

不久後，「異世界拷問姬」面向前方，就這樣做出回應。

「那個名字已經丟棄了……不，是已經死掉的女孩的名字喔。就算叫喚，也不會有人回應的。」

「嘴上這樣說，反應卻挺直率的不是嗎……余有話想問妳。」

「是問『愛麗絲』，還是問『結城紗良』？」

「問哪邊不都一樣嗎？」

「不，不一樣喔。完全不一樣，大大地不一樣，相當不一樣。」

愛麗絲沒回頭，就這樣搖搖頭。帽子的白色蝴蝶結也同樣搖晃著。

伊莉莎白微微發出冷哼，她強硬地繼續提問。

「完全相同喔——欸，妳該不會跟櫂人一樣，是『無罪之魂』吧？」

「哎呀，伊莉莎白真是的，這問題好奇怪，像是毛毛蟲坐在香菇上給別人猜謎呢。『無罪之魂』指的是什麼？無罪是怎麼一回事？有罪是由誰決定的呢？愛麗絲是有罪，還是無罪？妳是紅心皇后嗎？哎，如果是的話那我就失禮了呢。」

「少在那邊說莫名其妙的話試圖模糊焦點——余問的是，『妳是明明沒犯下相對應的罪行卻飽受殘酷痛楚，最後慘遭殺害的存在嗎？』，就是這麼一回事喔。」

愛麗絲再次沉默，她全身放軟，雙臂無力地下垂。

這就是答案。

連話語都沒有，伊莉莎白察覺到了內情。然而，愛麗絲卻態度一轉，很有活力地轉向這邊。她用開朗到異樣的氣勢，有如連珠炮般講起話。

「我沒有做壞事喲。不過，明明跟好孩子的時候一樣，人家卻覺得我愈來愈壞。然後，深深地，深深地，深深地（Down Down Down），愛麗絲掉進了大洞穴的底部（Alice went down a big hole）。明明沒在追趕白兔的說。其前方是『仙境（Wonder land）』妳看，是一個很單純的故事吧？」

「果然啊……『將慣於痛楚的異世界人靈魂放入不死之軀，再讓對方跟惡魔訂下契約』。那個什麼『父親大人』的傢伙察覺到這個行為的重要性。因此妳才被選上，然後被利用。比權人還年幼，就是因為要好操控才加上的條件吧……真可悲。」

伊莉莎白搖搖頭，再次確認自己從她身上感受到的「受虐者」印象。伊莉莎白也自然而然地回想起弗拉德的話語。

『如果對方是【復仇者】的話，事情就另當別論了。動機愈是正常，執念也會愈變得愈深，方法也會更加扭曲。』

（——【復仇者】嗎……）

愛麗絲沒有回應伊莉莎白的評論，她有如跳舞般重新面向門扉。愛麗絲再次抓住門把，這次她似乎有用魔力補強肉體。門扉開始緩緩打開。

「無所謂啦！嗯嗯，真的怎樣都行！伊莉莎白說的話好無聊喔！所以，就到這邊結束吧！接下來我不會再聽了，所以不要講話喲！」

愛麗絲用孩子氣的態度大叫，門扉逐漸開得更大。

同時，異樣氣味向外溢出。那是香爐煙氣的甜味與血液鐵鏽味混雜融合而成的事物，伊莉莎白朝氣味的源頭壓低視線。

從離宮內部漏出來的血液暗暗地發出濕黏光芒。

「不然的話——我，連妳都要殺掉喲。」

愛麗絲轉頭，以異樣角度抬起臉龐。

伊莉莎白無視那對紅眸，她瞪視門另一側的黑暗。

（報告內容中沒有出現多數犧牲者，所以的確沒發生大量虐殺。然而——）

並非完全沒有被害者，這是理所當然的事。

在離宮內，亞人被殺害了。

是有過何種紛爭呢，他們「挺仔細地」「被分切了」。

是士兵嗎，還是某個側室呢？從「殘骸」中甚至無法做出判斷，連性別都不明。肉片中勉強殘留著鱗片，這才總算明白那些是亞人，情況就是如此淒慘。

內部被「解剖」，而且還被丟得到處都是。

心臟擺在窗邊，眼球嵌在排列於走廊上的門扉的監視孔上。腸子纏在裝飾柱上，肺甩貼在牆壁上。帶有齒根的牙有如小石頭般撒在地板上。

被踩爛的百合花、被壓扁的蝴蝶，伊莉莎白回想目睹的事物們。

愛麗絲背對殘酷的光景，開口低喃。

「欸欸，不過呀，我有一件事想問妳一下喔，伊莉莎白？」

「什麼，要問何事？想問什麼都行。」

伊莉莎白用冷淡，或者可以稱之為沉穩的聲音如此反問。

愛麗絲用接受挑戰的模樣微笑。在身後交叉十指後，她搖動身軀。

「我被做的事情，為什麼不能對別人做呢？」

稚氣聲音的深處沉澱著甚至可以稱之為狡猾的惡意。伊莉莎白是知道的。

它的源頭是——有如從化膿傷口溢出般，伴隨著痛楚的憎惡。

＊＊＊

來聊一聊吧，只是要聊一個相當簡單的式子。

這裡有「被殘酷虐待的人」，以及「愉快的施虐者」。前者絕對不會寬恕後者，不論後者怎麼說，試圖達成什麼事都一樣。既然如此，正確答案就只有一個。讓怨恨與憎惡互相融合，省下礙事的倫理觀就行了。只要前者向後者報了仇，事情就會平安無事地落幕。

可喜可賀，可喜可賀。然而，我們試著在這裡加上其他條件看看。

如此一來，一切立刻會化為渾沌，要加上的是以下的這種內容。

「什麼都不做的人們」，以及「什麼都不曉得的人們」。

還有表示「這種事經常發生」，寬宏大量地容許著這一切的世界。

那麼，該如何是好？感覺很難辦吧。然而，其實沒必要去深思。

只要將糾結纏繞的繩子全部剪斷就行了。

換言之——

（所謂「憎恨世界」，就是這麼一回事。）

——然而……

「就回答妳吧。」

「噢，妳來了嗎？」

面對愛麗絲的提問，伊莉莎白開了口。然而其後續卻被男人的聲音打斷。

伊莉莎白將視線移向門扉另一側。到走廊盡頭的轉角那邊為止，燈火都被消去了。在昏暗之中，臟器有如記號般點點散落。

其中一個突然噗滋一聲被踩扁，腐敗血肉華麗地飛濺四散。

黑衣男宛如從黑暗中分離似的邁出步伐，他緩緩抬起臉龐。在黑暗之中——就像只露出單邊臉頰的骨頭似的——面具醒目的白色浮現而出。

「父親大人！」

愛麗絲發出開朗聲音跑了過去。她猛然撲向男人，愛麗絲重重踏向地板，連亞人心臟都一起踩下去。正要凝固的黑血噗呼一聲被吐了出來。

鞋子雖然髒掉，愛麗絲卻毫不在意地掛在男人的脖子上。帽子的蝴蝶結也開心地搖擺。

「我跟你說，我跟你說喔，父親大人！伊莉莎白她好過分喔！老是在說那些莫名其妙又無聊的話喔！我覺得太煩躁，都想把她噗滋一聲捏扁了呢！」

「請冷靜，愛麗絲。以妳現在的實力，就算嘗試要『噗滋一聲』捏扁她，也只是無謀之舉。還有妳在使用魔力補強肉體的情況下，就這樣抱住我。有錯嗎？」

「哎呀，是啊？不，是的呢！咦，呃……該不，會？」

「脖子被妳害的喀啦響。如果不是事先料到讓魔力循環的話，我已經死了吧。」

「真糟糕！糟了個糕呢！對不起喔，父親大人。還會痛嗎？」

「如同方才所述，不礙事。不過，以後請妳小心。」

又來了，兩人開始認真地進行傻氣對答。伊莉莎白不由得感到愕然。然而在這同時，她也感受到難以言喻的詭異感。

（這些傢伙的對話，絕對不是應該在虐殺屍體前方進行的會話吧。）

也就是說不只是愛麗絲，黑衣男也有著致命性的破損。

伊莉莎白再次回想【復仇者】這個字彙，兩人在這段時間內也進行著對答。愛麗絲順從地降至地板，男人將手掌放上她的雙肩，滑稽且真摯地詢問。

「而且，妳可以試著回想。老是在那邊講『莫名其妙的話』給別人聽的人是妳這邊不是嗎？」

「……啊！」

「唔，正如你所言喔。因為在半路上將『艾・欽姆・累特』換成『要遲到了』，余才勉強明白了它的意思……像是『奶油吐司的蝴蝶們』啦，『紅心皇后』啦，『明明沒在追趕白兔』啦，『仙境』啦，至今余也完全不解其意。」

伊莉莎白點頭表示同意，愛麗絲顯而易見地開始尷尬起來。看樣子她似乎有著不少的自覺。不久後，黑衣男有如要勸誡她似的搖搖頭。

「愛麗絲，我應該忠告過好幾次才是。妳口中的『愛麗絲夢遊仙境』、『愛麗絲鏡中奇遇』，對這世界的人是講不通的。如果想要說，就應該從概要開始說明才對。想以『淑女(Lady)』為目標的人應該是妳才對——既然如此，就不能胡亂搞混別人。」

「對、對不起，父親大人……我真是的，不小心犯錯了。」

「那個『對不起』真的是應該對我說的話嗎？」

「嗯嗯，我知道啦！……對不起呢，伊莉莎白。老是在說莫名其妙的話的人是我喔，請妳務必原諒。」

「余說啊，打從剛才開始你們兩個究竟是怎樣？」

困惑漂亮地進化為頭痛，伊莉莎白壓住額頭。

男人輕撫愛麗絲的臉頰，就像在誇獎她有好好地道歉似的。她有如小狗般發出輕哼，然而男子立刻從天真無邪的微笑上移開視線。

與過去一樣，他用充滿慰勞之意的目光望向伊莉莎白，她則是報以冰冷視線。然而男人沒有怯意，而是把手放上胸口行了紳士的禮。

「將妳不遠千里地找來這裡真是失禮了，伊莉莎白．雷．法紐。不過，正如我以前所述，『要說明詳情就得更換場所』。如此一來，總算可以靜下來好好談話了。」

「談話嗎——在那之前容余確認一下，拉．克里斯托夫沒事嗎？」

「當然，因為他對我們來說也是應該要談話的對象。」

黑衣男淡淡回應，伊莉莎白皺起眉心。她沒料到拉．克里斯托夫居然還有人質以外的意義存在。他是聖人代表，伊莉莎白是「拷問姬」，對方選擇的標準過於曖昧不清。然而，既然黑衣男如此期望，應該就值得一談。

（總之，現在需要情報。）

「要談話嗎……那麼，你究竟想說什麼？」

「這還用說嗎？」

男人沒回答到最後，而是轉過身軀，翻飛黑衣下襬邁出步伐。

愛麗絲衝向男人，然後她縱身一跳，吊在男人的手臂上。男人的肩膀喀啦一聲發出崩毀般的聲音。然而，他並未停下步伐。他似乎想盡快移動至離宮深處。

（逃跑的路被堵上了嗎……不過……）

就算留下來也毫無意義，伊莉莎白點點頭從後方跟上。然而在途中，她不由自主瞇起眼睛。黑衣男跟愛麗絲似乎不打算避開散落一地的身體部位。

即將斷裂的牙齒碎裂，臟器吐出變質的內容物，嘴唇被踩平。

那副光景平穩又殘酷，開朗又陰暗殘忍。兩人開心地在地獄上踏步前行。
男人面向前方，就這樣把剛才沒講完的後續說了下去。

來談談吧。
是怎樣的話題呢？

「懺悔與夢想——」
還有憎恨的話題。

＊＊＊

「就是這個房間，請進。」
男人在簡樸門扉前方停下腳步。與其他房間不同，只有這個房間沒有監視孔。聽到他的話語後，愛麗絲恭敬地打開門扉。伊莉莎白高聲響起靴音，進入室內。
四面是一片純白色的空間。
牆壁、地板、還有天花板，一切都塗上了乾燥硬化，像是石膏般的白色。存在的家具只有一張擺在中央的彎腳椅。在亞人國度，過度奢華的造型是不受喜好的，因此這恐怕是事後帶進來的東西吧。這個房間裡似乎本來就沒有家具這一類的東西。

伊莉莎白感受到不對勁。除了前往祭拜儀式外，眾側室都是在離宮過生活，不管是任何一處內部裝潢都下了功夫，適合當她們臨死前都要一直居住的地方。然而，這裡卻不同。

這房間是用來做什麼的——伊莉莎白環視四周。忽然，她察覺到白壁上浮著獨特的陰影。這是使用整個房間雕刻了「沙之女王」的身影。

只要跪在地板中央，就恰好能形成被她有如鳥蛋一般抱住的狀態吧。

（原來如此……是用來祈禱跟瞑想的地方嗎？）

了解這一點後，伊莉莎白將視線移回中央的椅子。那兒坐著異樣的人物。

是一名有著寬廣肩膀，體格很不錯的男性。他穿著長到會拖在地上的白衣，其下襬與又粗又直的黑髮在地板上描繪出同心圓。然而，異樣的卻是別處。

有如要擁抱自己般，男人被粗糙鐵鍊緊緊縛住。伊莉莎白是知道的。

拘束並非是受到強迫，如果不封住胸口，他甚至連坐下這件事都無法隨心所欲。伊莉莎白大步走至男人面前，他緩緩抬起臉龐。

在男人說些什麼之前，伊莉莎白就開了口。

「好久不見了，拉．克里斯托夫——有兩年沒直接跟你碰面了吧？」

「『拷問姬』伊莉莎白．雷．法紐——妳跟定期報告一樣看起來很健康，太好了。」

拉．克里斯托夫用沉著語氣回應。他的聲音中沒有痛苦色彩，室內空氣也很清新，沒有血腥味。伊莉莎白唔的一聲點點頭。

看樣子拉．克里斯托夫並未遭受拷問或是過度的審問。聖人對痛苦的承受力雖強，卻也有其限度。畢竟為了控制神聖生物，會消耗掉很大的意志力。

毫髮無傷就是僥倖了吧，伊莉莎白微微聳肩。

「現在應該這樣說『你那邊才是，看起來沒受到半點傷真是太好了』才對嗎？所謂的人質，就是要平安無事才有價值。看樣子關於這一點，這些傢伙並沒有搞錯。」

「唔嗯……恐怕，不能這樣說吧？」

「怎麼了？結結巴巴的真少見，被做了什麼嗎？」

「雖說是敵對者，令其蒙上不必要的汙名也會違背神的心意，因此我在此做出證言。我並未受到侮辱般的對待——然而，對方希望能跟我當朋友。」

「啥？」

「我有一些晴天霹靂的感覺，有懷疑是精神攻擊，或是洗腦預處理的餘地吧。」

拉．克里斯托夫老老實實地申告，伊莉莎白皺起眉毛。

拉．克里斯托夫在被列舉為聖人前，是一名以虔誠信徒之姿從事奉獻活動至今的人物，因此能稱作朋友的人應該很少吧。成為聖人後的現在，被他人而且還是敵人如此希望，他當然會感到困惑。然而，也不太可能如他所推測是攻擊前的階段。

就算是伊莉莎白，也沒聽過有魔術需要這種古怪過程的例子。

就在她如此沉浸在思緒之中時，背後傳來開朗聲音。

「嗯，完成了！雖然沒有桌子跟甜點，但『瘋狂茶會（Mad Tea Party）』的可愛椅子完成了呢！伊莉莎白也可以坐這個喲。愛麗絲會好好地搬給妳的。」

嘿咻嘿咻——愛麗絲拿了彎腳椅過來，她把它放在拉．克里斯托夫隔壁。然而在樸素室內排兩張椅子的模樣與其說是茶會，更會讓人聯想到囚犯的拘束所。是發現了這個險惡的印象嗎，愛麗絲生氣地鼓起臉頰。為了改變氣氛，她在相對的位置一邊散布花瓣與黑暗，一邊編造出自己等人使用的椅子。

黑衣男跟愛麗絲也坐上各自的座位。

就像在中央劃了邊界線似的，雙方兩兩面對面。

（在亞人用來祈禱的房間內，「拷問姬」跟聖人代表，與「世界變革者」同席……）

好一幅象徵不祥的光景，甚至到了荒謬的地步。伊莉莎白產生不好的預感。

另一方面，黑衣男仍是用淡泊語氣開了口。

「既然說想跟各位談話，就得先報上名字吧——我是路易斯，沒有姓氏。」

「……路易斯是嗎？」

「如果想要名字以外的情報……我想想，可以去搜查十多年前曾在王都一時被捕的魔道具竊盜集團的記憶。只不過是否有記載下來或是加以保存，關於這方面我很懷疑就是了。」

「啥？」

伊莉莎白再次發出傻氣聲音，畢竟這名男子——路易斯自行提供情報並沒有任何好處。然而，他仍然繼續採取著無法判讀意圖的行動。

「那麼，用來談話的場合終於準備好了。我有一事想藉這個機會再次拜託各位。」

愛麗絲在他身旁大大地點頭，她啪噠啪噠地弄響被血弄濕的鞋子嬉鬧著。

路易斯斜視瞪了愛麗絲一眼表示告誡。然後，他有如對學生提出呼籲般打開話題。

「我想背叛世界——屠盡萬物。」

＊＊＊

伊莉莎白直覺地推測到這件事。

（這麼一說，這也是在講單純的式子。）

弗拉德生前也有提過。被剝奪的人，有權利站到剝奪者那邊。至少學習「有權利去剝奪」這種思維的基礎已經打好了。不論善惡，要成就偉業，就必須要有「資格」。必須擁有如同天經地義般讓自己成為暴君的「資格」。

路易斯的提議，建立在被剝奪者的思想上。

而另一方面，不論那裡面存在著何種前提或是背景，伊莉莎白的答案早已決定。

「余拒絕！」

「在連細節都還沒說的階段就拒絕，就算是我也很受傷，所以禁止這樣。」

伊莉莎白如同昔日般立刻秒答，卻被路易斯輕描淡寫地一筆帶過。

這男人在意想不到的地方發揮出適應性。伊莉莎白發出咂舌聲，高高地蹺起腿。

愛麗絲覺得這樣很帥氣地雙眼發亮，所以試著想要模仿。勸誡她後，路易斯低喃。

「立刻做決定可說是輕率之舉。試著問問自己的內心深處，妳應該也擁有才是。」

「擁有什麼？」

「『懺悔跟夢想』。」

還有憎恨。

話語跟先前的類似。伊莉莎白本來想一句「煩人」加以駁斥，但她卻忽然閉上嘴巴，然後消去表情。伊莉莎白鮮明地在腦海中描繪出某個光景。

世上最惹人憐愛的人，在【世界的盡頭】沉眠著。

那副模樣就只是美麗而已。就算開口搭話也不會有答案，即使伸出手指也過於遙遠。

伴隨著頭痛的疑問總是沒有消失。

（為何余在這裡，而你們在那裡？）

瀨名櫂人不是「拷問姬」，也不是「聖人」，更非「狂王」。他只是一個普通的少年。

然而，如今他卻背負著本來應該跟他無關的整個異世界，與新娘一同沉眠著。

（為何你們兩人非犧牲不可呢？繼續等待下去，能見面的日子就會到來嗎——余能為了你們兩人做些什麼嗎？）

就算連日連夜不斷提出疑問，也沒有答案。而且每次思考時，某種憤怒情緒都會侵蝕腦袋。

路易斯將那股怒意化為確切的話語。

「這個世界，實在過度要求一部分的人做出犧牲了。」

這正是懺悔與夢想，還有憎恨的話題。

伊莉莎白無言地與路易斯四目交接。她自然而然地有所察覺，路易斯正試圖重做一次之前失敗的邀請。他將跟以前一樣的禁句丟向伊莉莎白。

【那麼，在賭上救世目的的戰役最後……伊莉莎白・雷・法紐有留下什麼嗎？】

同時，這個提問也是在詢問另一件事。

【那麼，在賭上救世目的的戰役最後……瀨名櫂人有得到什麼嗎？】

用簡直像是稚子般的眼神，

那個少年抓住的選擇，真的是正確的嗎？

至少，被留下來的人們可以享受「正確的選擇」嗎？

「這個愛麗絲．卡羅，跟瀨名．櫂人一樣是異世界的人類。而且，也是直到死亡前都曝露在不合理痛楚之中的孩子。跟以前告訴妳的一樣，『異世界人』的身分很重要。『自身已死，得到新生』、『這次一定要成就想要做的事』。這種深信不移的想法正是萬能的免罪符，會是用來取得無限之力的魔術基礎……當然會有這種效果。」

路易斯流暢地述說，愛麗絲無聊地讓腳尖互撞，打了一個呵欠。是初次耳聞嗎，拉．克里斯托夫微微皺眉。路易斯朝伊莉莎白繼續說道：

「『自己的人生連活著都不被允許』。那個前世悲哀又淒慘，足以成為深信不移的代價——悲劇就是悲劇，不讓悲劇就這樣結束比較好。」

任何地方都沒有想要結束的人。

路易斯認真地做出斷言。就算將【異世界拷問姬】當成武器利用，那道聲音也不可思議地毫無作偽或是嘲諷的意味。伊莉莎白粗魯地把手撐到自己的大腿上，然後托住臉龐。

「——既然如此，就說吧。」

「說什麼呢？」

「你要用何事向吾等高歌同理心？你自己的悲劇究竟為何？」

伊莉莎白險惡地詢問，她知道很多悲劇。

瀨名櫂人背負的痛苦、小雛的獻身、伊莉莎白的失去。她不能輕易同意有人將新的煩悶跟它們排在一起加以談論。在「拷問姬」的魄力下，愛麗絲微微向上跳了一下。

她怯生生地窺向路易斯，他沒有動，用乾燥聲音低喃。

「好吧，就讓妳看看。」

——我的，悲劇。

路易斯緩緩舉起被黑衣裹住的右臂，他移動手指。

啪喀的細微聲音響起。有如表視敬意摘下帽子般，路伊斯取下只有半張的面具。烏鴉形狀漸漸遠離，被隱藏起來的部分曝露在外界的空氣中。

伊莉莎白瞪大雙眼。

在那瞬間，一切的疑問都冰釋了。

作為語言的說明已不再需要。路易斯追尋何物，動機為何，要以何物歌詠悲劇。伊莉莎白自然而然理解了這一切。

「你——」

他微笑了。

不是有敵意的笑容。

然而那張臉的造形，卻醜惡得難以想像是世間之物。

路易斯臉龐的左半邊是人類之物，然而右半邊卻不同。眼瞳是金色的，瞳孔很細，肌膚覆蓋著青黑色的鱗片。被面具隱藏著的部分擁有亞人的造型。

兩種族的特徵以縱向劃分各自出現一半，可以稱之為極為特異又最不幸的混雜方式。伊莉莎白低聲說出自己所知、應該跟他有關的事件。

「……『混血種虐殺』。」

這正是尊貴救世之戰背後產生的事物。

是足以需要【世界變革】的淒慘悲劇。

6 叛逆的理由

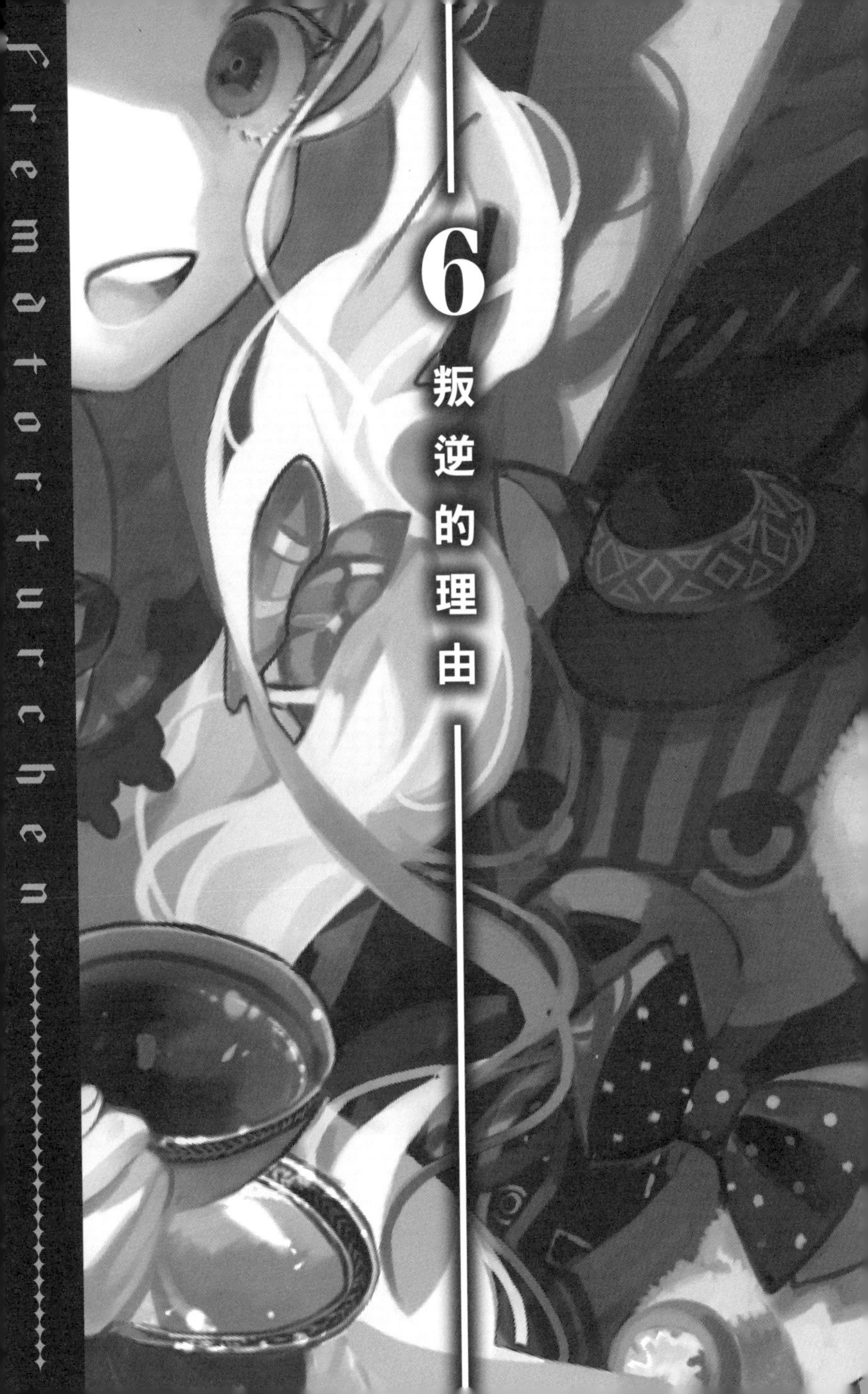

其實，吾等的叛逆早在數十年前就開始了。

關於這一點無法免於非議吧。虐殺尚未發生，而且也是在我出生前。但也可以說混血種就是受到的迫害就是如此漫長。只要種族間發生紛爭，吾等就必定會被捲入其中。就連和平時，混血種也多是處於被剝削的那一方。

舉個身邊的例子吧。我父親是亞人，母親是跟獸人的混血種。跟我不同，姊姊的獸人特徵以容易被好事之徒盯上的形式出現在耳朵跟尾巴上。十歲時，她在廢屋被集團施暴而封閉心靈，長大成人後就失蹤下落不明了。弟弟沒出現混血種的特徵。雖然他擔任教會助手的職務，然而被發現跟我有血緣關係後，被司祭親戚認養為養子的事情告吹，而他也在悲嘆之後上吊了。在那之後，我也離開家庭。兒時玩伴也被用銅板價賣掉，之後就再也沒見過了。

別人只要看我一眼，不論是誰都會大喊「被惡魔附身了」這樣。

實際上，惡魔會將契約者化為異形。然而，民眾並沒有這個知識。他們只是憑藉模糊的印象去厭惡我。「宛如童話般」，「醜惡存在會造成危害」。許多人都是這樣想的吧。我甚至有過光是對跌倒的少女伸出手，就差點被活活打死的經驗。

在孤獨與彷徨之中，我打算要橫死路邊。然而，企圖叛亂的組織卻將我撿了回去。

就算在混血種之中，模樣連討生活都很困難的那些人在數十年前團結起來了。

組織剛起步時，據說只是看起來像盜匪的窮酸集團。然而，在我加入時已取得商業面成功人士的援助，有時竊取魔術藥或道具，有時則是大量買入，也使用魔像跟精靈，備齊了罕見素材與設備，擁有魔術天分的人被施以教育。

宛如墜入熱戀般，他們夢想著對世界的背叛。我之所以感嘆花費「三年」才得以執行襲擊，就是這麼一段必須居於下位的漫長時光所致。

「十四惡魔」開始攻擊人類後，組織也吸收那些知識急速肥大化。然而，終於成功召喚低級惡魔後，以我為中心的幹部們卻宣布要凍結活動。

因為我們害怕了。大多數混血種就算貧困也還能活下去。跟在貧民窟勉強掙扎的人們差不多。如果因為吾等的反叛之意而使整個混血種成為目標的話，那就怎麼後悔都後悔不完了。不能讓無辜的同胞們品嘗到沉重的悲哀，因此吾等封印黑暗的技術，選擇繼續隱忍的道路。無數次地容許所有暴虐，讓悲劇依舊是悲劇。

這樣就行了，吾等曾經認為，這樣就夠了。

然而，【終焉】造訪了。

之後如同諸位所知，感謝聆聽。我想再次拜託一件事，請各位務必放在心上。吾等選擇叛逆，發誓要復仇。然而，先拔劍的人並非吾等。

而是你們。

＊＊＊

「這就是我以【世界變革】為目標的理由。關於終焉時發生的『混血種虐殺，以及洋溢其中的悲哀』，雖然我省略了這些說明，不過應該再說一次給各位聽嗎？」

「沒必要，余已經知道了。」

伊莉莎白立刻斷言，拉．克里斯托夫也一樣吧。不只他們，在終焉中存活下來的知識階層幾乎所有人都掌握了這個事實，只是誰都不把它當成話題罷了。

畢竟這個醜聞有可能讓三種族在存亡之秋團結一致的美談化為烏有。

一連串的悲劇起點，要回溯至終焉前，「重整派」在各地親手散布了謠言。「無知的信徒們啊，禱告神會成為你們的救世主吧」，「終焉必定會到來」，「正確的信徒會被引導至重整後的世界」。這是自我本位的夢想，也是虛言。然而在終焉的慘狀之前，許多人們都相信預言會實現。同時，以自己是正確的信徒為豪的人僅是少數。在死亡的恐懼面前，人們奔向了不在教義中的暴行。

（這正是「獵殺異教徒」。）

因【尋求救贖】而生的，「混血種虐殺事件」。

人們殺害異教徒，藉此向神表現自己的信仰心。

既然在獸人與亞人的教義中「森之三王」還有「沙之女王」都是神的創造物，因此正確來說他們在根幹處跟人類是相同的。然而人們卻因為外表差異而認定其他種族是異教徒，如此一來棲息在生活周遭的混血種就會變成目標。亞人是純血主義，而獸人跟其他人種則是在混亂下放棄因應。

結果混血種失去保護勢力，甚至無處可逃。在無意義的暴行下，出現了許多犧牲者。

而且事件仍然藕斷絲連。

慘劇發生時，加害者大部分都陷入狂亂狀態之中。而且關於他們的量刑應該多重也沒有正確答案。話說回來雖然存有疑點，但證據數量齊全到足以跟「侍從兵」所為做出區分的現場本身就很稀少。別說是加害者跟被害者，就連事件總數都依舊曖昧不明。因此除了能確認是惡性煽動，以及具有極端殘忍性與大規模的事件外——農村中有數十人被關在倉庫，而且活生生地被烤熟的例子——大部分都被擱置不管了。

而且，就算避開了終焉，慘劇依舊發生著。

（愚鈍至極的羊群已經是行屍走肉了，沒有用來學習的腦袋。）

因為畏懼神與惡魔，眾愚者進行了儀式殺人。各種族設置治安維持部隊，開始進行取締。即使如此，被害仍是接二連三，然而在這一年間卻出現急速下降的情況。這是一件好事，然而過度急劇的變化卻讓伊莉莎白感到不自然。

不久前她也向結晶內的瀨名櫂人還有小雛如此報告。

『有好消息，在這一年中混血種殺人事件急劇減少，而且現在也不斷下降。雖然這也可以說是環境安定後的必然結果……但余莫名地覺得下降的方式有古怪。』

（如今回想起來……它就是這次事件的唯一預兆嗎？）

路易斯等人暫時完全凍結了達到實用階段的技術。從終焉的混亂後，一直到再次活動為止應該需要時間才對。他們雙管齊下，火速保護了混血種吧。

恰好在一年前，其奮鬥的結果化為數值呈現而出。

伊莉莎白如此推測之際，路易斯繼續說道：

「想笑就笑吧，這是被迫過著屈辱生活之人的悲嘆控訴。對於被逼上的那條殘酷絕路的怨恨喊叫——許多人都犯下究極的愚行，而那個愚昧與殘酷要由誰來寬恕？」

為何非寬恕不可？

老是只有我們，一而再，再而三地。

白色房間響起悲痛控訴。伊莉莎白有所察覺，路易斯懇切的程度並非虛偽。他曾原諒過無數次。明明是「在自己的人生中活下去都不被允許」，他卻「想讓悲劇以悲劇告終」。然而，這個決心卻遭到背叛。

如果有理由的話，他會想要知道吧。然而，誰都沒有開口。伊莉莎如此心想。

（所謂的沒道理，就是因為那是絕對解不開的死結所以才是沒道理。）

為何慘劇會發生？幾乎沒有加害者能正確說明吧。

另外關於三種族的袖手旁觀，伊莉莎白跟拉．克里斯托夫也是當事者之一。然而，兩人的臉皮都沒厚到能說出藉口的地步。

在治安維持部隊的任務中，伊莉莎白也曾經目睹過虐殺的案例。

那是某個惡魔崇拜者在儀式上的犯行。身為被害者的孩子們獸耳被切斷，毛皮部分遭到剝除。其中一名少年明明連頭部都被弄成肌肉纖維的球體，卻仍然有呼吸。

（那是──「殺動物的方式」。）

／我跟你不一樣／吾等與你不同／完全就是另一種生物／

／所以，不管做什麼都行／

這正是一部分人類抵達的層次，是醜惡至極的免罪符。

（打從最初就無法謝罪，贖罪的機會也從一開始就失去了。）

而且，伊莉莎白遇上的還是避開終焉後的案件。混亂時發生的那些案件，其殘酷度還在它之上。甚至到了在整理紀錄時，有數名文官光是閱讀細節就反胃嘔吐的地步。

在如此不講道理的事情面前，沒有適合的答案。相對地，伊莉莎白提出問題。

「余充分地明白動機了……那麼，具體而言你們打算如何行動？」

「……我曾是這樣想的。如果世界要迎來終焉的話，那就這樣也行。在瀕臨絕命的分界線，就連憎惡也應該要微笑面對吧。將吾等承受的暴虐，視為死亡恐懼下一時的錯亂之舉也無不可。然而，連惡魔跟神都不揮下鐵槌的時候──」

——就由我來揮落。

路易斯濕黏地低喃。他曝露出磨耗殆盡的心靈核心，跟他向伊莉莎白表示同情的那時相比，其形式截然不同。路易斯初次曝露出扭曲的激情。

「將世界的一切納入掌中，然後將愚者悉數殺光。意義云云已不再需要，正義也已經死去。事到如今，還會有誰尋求這種正當的事物呢。」

（沒錯，受到深沉傷害的人——想要破壞一切。）

伊莉莎白腦海浮現以前曾思考過的話語的後續，她也可以理解。

路易斯仍殘留著同情與憤怒，然而慾望跟熱情卻已經乾枯。這也是理所當然的事情。路易斯沒有從這個世界中找到價值。面對毫無價值的事物，當然沒辦法產生慾望跟熱情吧。他決定將世界納入手中。但是，他什麼都不要。

路易斯試圖矯正醜惡的錯誤，僅是如此。

（被剝奪之人，有權利站到剝奪的一方。）

然而，如果讓伊莉莎白來說——

其實怎樣都無所謂。

＊＊＊

這種做切割的方式觀點狹隘，而且過於殘酷。

沒錯，伊莉莎白正確地掌握著自己的冷血無情。即使如此——她如此心想。

（悲劇是什麼？沒道理又是什麼？）

所謂的憤怒是什麼？無罪是怎麼一回事？有罪是由誰來決定的？

■■有罪？還是無罪？

（人能穩定提出來的答案只有一個。）

就算思考也會沒完沒了。

的確，這個世界過度強迫一部分的人做出犧牲。要說這樣會被寬恕還是不會，答案會是後者吧。寬恕之日永遠不會到來。被害者理所當然地有權詛咒、怨懟、憎恨世界。另一方面，路易斯他們也忘了一件事。因此，伊莉莎白就只是凝視他們。

承受這道也能稱之為穩重的視線後，愛麗絲皺眉。她點了一次頭。

「遺憾呢，真的很遺憾喲，伊莉莎白。看到那對眼睛，我就明白似乎不能期待能得到正面回應了……嗯，不過呀，我也有一種早就曉得了的感覺喔。『我們這麼可憐』、『所以助我們一臂之力吧』什麼的，就算對『拷問姬』這樣講也沒有意義吧？所以，我們有好好地準備謝禮喲。是呢，這次來說謝禮的事情吧！」

「謝禮啊……就余對自己的了解，余預測不論你們提出何種條件，事到如今余都不會推翻想法喔。」

「真是的，沒這種事啦！我有說過吧！『會讓你們見面的』！」

伊莉莎白猛然彈起單眉，弗拉德也點評過這件事。

瀨名櫂人，身上封印著執掌「破壞」的惡魔與執掌「重整」的神。他的處置方式會令世界的命運產生分歧。而且，如果有人要朝兩人伸出血淋淋的手，伊莉莎白就無意讓對方活著。是察覺到她凄絕的殺意嗎，愛麗絲搖搖頭。

「不會對妳那兩個重要之人做出過分的事情啦，真的喔！只是讓你們見面而已。」

「關於伊莉莎白・雷・法紐專用的交換條件，就由我來說仔細吧。」

是看準了時機嗎，路易斯開口說話。拉・克里斯托夫保持靜默。關於對方是否也有向他提出條件一事，至今仍然不明。伊莉莎白也暫時閉上嘴巴。

如今比起憤怒，疑惑這方占了上風。只要體內寄宿著「神」與「惡魔」，瀨名櫂人就不會得到解放，事情應該是這樣才對。而且，感覺也實在是做不到【世界變革】這件事。

（路易斯的首要目標恐怕是徹底查明混血種殺害事件的加害者，並且加以處罰吧。）

接著可能是為了不讓人民犯下相同的過錯，要對他們進行統治與管理。

要糾正愚鈍羊群，自己成為牧羊人比較省事。

【異世界拷問姬】、【拷問姬】、聖人，「惡魔之子的孩子」，都會成為達到這個目標的有效戰力。這樣或許有可能顛覆勢力圖，然而也僅此而已。畢竟這是撐不久的。

這個世界存在著三個種族。就算壓抑住一個，也無法避免其他種族的反抗。各種族不但棲息地與戰鬥方式各異，也可以料想到會遇上頑強的抵抗，因此維持統治是一件很嚴苛的事吧。

（缺乏後盾的少數勢力要長期掌握實權，就需要意料之外的力量……不，等等。）

伊莉莎白忽然察覺，現況極像某個軼事。

那是好久好久以前的童話，是舊世界的事件。

是由聖女所述，瀨名櫂人記錄下來的故事。將那件事告知他後，她就消失得無影無蹤了。雖然教會相關人士與聖騎士們拚命搜索，卻至今都沒發現聖女。然而，對伊莉莎白而言這也是無所謂的事情。狀況很相近才是問題點。

重整前的世界因戰爭而陷入泥沼狀態之中。為了憑自身之力平定混亂，聖女尋求了「某個事物」，也就是強大的抑制力──「神」與「惡魔」。

如今站上聖女的位置後，路易斯會需要什麼呢？他有如回應般開口。

「『讓男女召喚低級惡魔，再破壞雙方的自我，讓他們創造出兩個小孩，接著再讓小孩之間進行雜交。只要持續不斷地這樣做下去，就有可能產生純粹又強力的惡魔』……這是我講過好幾次的情報。我想告訴妳的是接下來的事。在實驗中，發現了一個新事實。」

「真是不正經的起頭方式……發現什麼了？」

「雖然必須應用人造人製造技術讓擬似性器官發達──不過『惡魔之子的小孩』不只可

以跟『無法控制惡魔而讓肉體崩壞的契約者』交配，跟『純粹的人類』也是行得通的──就這樣，吾等創造了『新物種』。」

「──嗚！」

就算是伊莉莎白也無言了，拉．克里斯托夫也倏地一震搖晃肩膀。

受檢體恐怕是企圖殺害混血種，因此遭到反殺的那群人吧。這可以說是理所當然的報應，然而發現事實為止前的過程，光是想想都令人毛骨悚然。而且，好處是什麼呢？

路易斯宛如在報告老鼠交配實驗的結果似的，淡淡地繼續說道：

「『惡魔之子的孩子』擁有的『人類部分』崩壞過頭，所以他們不可能與上位存在締結契約。然而，如果將『惡魔之子的孩子』與擁有魔術資質的人類進行雜交，就能得到繼承一部分惡魔之血，與上位存在之間還有罕見親和力的新存在。人類這邊的『母體』愈是強大的魔術師，嬰兒就愈接近人類，契約也會變得容易……雖然是之後的計畫，但吾等預定要準備兩隻嬰兒，再將瀨名．櫂人現在擁有的『神』與『惡魔』移至他們身上。在那之後，讓『神』去抑制渴望失控的『惡魔』。之後只要讓『神』也水晶化就能加以保管，跟聖女做的事情形式相同。」

「這畢竟只是紙上談兵喔，不能保證是否真的可以實現。而且之後要怎麼辦？就算能做到好了，頂多也只是保管而已。一旦讓祂覺醒，【終焉】立刻會再次降臨，因此不可能用來當作武力使用。既然如此，就算換了容器，對你們來說有何益處？」

「不會使用的喔，光是拿著就行了。」

伊莉莎白發出警告後，愛麗絲清爽地做出回應。伊莉莎白將視線移至她那邊。是雖然年幼卻也充分理解著計畫嗎，愛麗絲浮現柔和微笑。

「『神』與『惡魔』轉移到我們擁有的嬰兒身上，重要的就只有這個事實喲。就算無法使用也沒關係——只要讓周遭之人產生『這個一旦發動世界就會告終』的認知就行了，如此一來，我們就會成為正確的牧羊人。」

「原來如此——意思是想當成抑制力嗎？」

伊莉莎白深深地嘆氣，跟舊世界時聖女預定的使用方式一樣。

現況比料想的還要更酷似舊世界終焉前。然而，卻有數點不同。召喚這個最大難關已被完成，關於跟上位存在之間的契約，其知識也比舊世界來得集中，因此成功率恐怕比聖女控制惡魔失敗的那時還高吧。

感到頭痛的同時，伊莉莎白仰望天花板。

（——不過，所謂的「正確的牧羊人」是什麼？）

是連一頭迷途羔羊都絕對不會捨棄的人嗎？還是為了一千隻而將一隻推入谷底的人？或是將愚鈍的百隻羊全部砍頭的人呢？這沒有正確解答，至少用下位存在的思考方式與價值觀去斷定此事只能說是愚昧。然而，如果要這樣說——

（正確的「救世」究竟是什麼呢？）

如今交換的對話也是「救世」之戰最終的結果。愈是思考，就會是凸顯整體的荒謬。

「拷問姬」強忍頭痛，一邊提出問題。

「那麼……在那個醜惡計畫中，你們要余做什麼？」

「哎呀，至今為止的話題中妳的任務只有一個不是嗎——『母親大人』！」

愛麗絲從椅子上蹦起，路易斯用單手蓋住臉龐。看樣子交涉的順序似乎跳過了一大段。拉·克里斯托夫歪頭眨了眨眼，數秒後，他猛然回神望向伊莉莎白。這個反應莫名讓人感到愉快。伊莉莎白被這個反應轉移注意力，所以她自己也慢了一拍才理解。

數秒後，伊莉莎白感到額頭的血管好像快爆開了。

「也就是說，你該不會要余跟『惡魔之子的孩子』性交，然後生下嬰兒吧？」

「對呀！因為妳是吃下『初始惡魔』的肉塊，而且還加以適應的女性！是世上鼎鼎有名的稀世罪人『拷問姬』！是正值青春年華的美女大姊姊！比妳更好的『母親大人』候選人可不多見喲！所以，呀。這個就是條件——然後是，謝禮喔！」

「謝禮？哪裡是謝禮了，少說蠢話。」

「因為伊莉莎白，妳只要生下兩個小孩，瀨名·櫂人就能得到解放喔？」

伊莉莎白用志氣將動搖壓抑至最低限度。愛麗絲似乎沒有惡意，然而伊莉莎白卻不像她自己地受到等同於突刺的衝擊。她的心臟被準確地貫穿了。

其實，伊莉莎白理解了某個事實。

能幹的魔術師是很長壽的。到了「拷問姬」這個境界，就能活得遠比平常人還要久。然而，試算結果早已出爐。在她仍活著時，出現瀨名櫂人的替代容器的可能性等於是零。就算萬一誕生好了，也不能硬是讓對方繼承神與惡魔。

換言之，答案簡潔明瞭。「不論等待多久都沒有意義」。

伊莉莎白會說「好想見面啊」，她夢想著有朝一日能夠實現。而另一方面，她也做出了結論。甜美的夢是不會實現的，一旦承認這一點後，再來就只會剩下冰冷的真實。

（不會有「有朝一日」。）

【伊莉莎白・雷・法紐再也無法見到愚鈍的隨從了。】

伊莉莎白回想某個光景，那副模樣就只是美麗而已。

在飛舞的紅藍花瓣之中，重要的兩人沉眠著。結晶又硬又冰冷。被透明牆壁隔開的咫之之遙，比世界的盡頭還要遙遠。兩人無法被觸碰，也不可能交談。

（就算一次也行，如果能觸碰到，就算手指被切下余也沒有怨言。只要能交談，就算嘴巴被縫起來余也同意。只要能聽到聲音，就算耳朵被燒爛余也會表示欣慰。）

然而，她甚至沒有可以支付代價的對象。「拷問姬」冷靜地對內心那個弱小的自己述說。

（妳應該曉得才對。）（嗯，就算曉得也一樣。）

重逢之日不會到來。然而，愛麗絲卻搖晃了絕望的結論。她輕聲低喃。

將手伸至結晶的另一側，她如此誘惑著。

只要伊莉莎白犧牲自己，選擇用鮮血染紅世界就行了。

「我是知道的喲，伊莉莎白。真正重要的事物，大家都只有一個。」

如果是為了它，就什麼都當得了，什麼都做得出來吧？

有如「表示理解」般，愛麗絲・卡羅加深笑意。

那是為了伊莉莎白著想的，純潔無瑕的表情。

＊＊＊

「……原來如此啊……」

伊莉莎白靜靜閉上眼皮，她在椅子上抱住單膝，然後就這樣將身體深深地靠在椅背上。

美麗黑髮柔順地搖曳，她緊抿唇瓣。

伊莉莎白一動也不動，有如在細細品味惡魔般的誘惑似的。

沉默充滿整個房間，沒人打算開口講任何事。

愛麗絲閉上多話的嘴巴。不只是路易斯，連拉．克里斯托夫也保持著無言。

數秒後，伊莉莎白毫無前兆地睜開眼皮。她眨了眨紅眸，換回原本的姿勢。伊莉莎白筆直地望向前方，她沒跟任何人交換意見。伊莉莎白甚至沒對拉．克里斯托夫使眼色，就這樣做出回應。

與過去相同，在一樣的發展下臺詞果然還是一樣。

「余拒絕！」

「意外地快。」

「毫無迷惘。」

「嗯，果然不行呢。」

意外的是，在場之人的反應都很溫吞。所有人似乎都微微預料到這個結果了。

伊莉莎白有如貓兒般從鼻子發出噴氣聲。雖然仍有苦惱，她心中卻沒有迷惘。

這正是打從最初就決定好的事情。

【復仇者】的行動有著天經地義的背景，誘惑很有吸引力。然而，她卻有著必須貫徹始終的矜持。不然的話，早在許久以前就切開水晶了。伊莉莎白是知道的。

（瀨名．櫂人很愚蠢，是一個不得了的笨蛋。）

活人的醜惡、可怕、利己性、殘忍性、他在理解一切的前提下容許了這些事物。一邊斷定醜惡至極，又說這比任何事物都尊貴。就這樣去愛，甚至去守護。

既然如此，這世界就有守護的價值。

『重要之人的慈愛存在很美麗。』

就算自己不愛對方，這件事卻是確切無疑的。

瀨名權人拯救了世界，無償的愛救贖了一切。既然如此，毀滅它的行為就是出自於完全相反的情感。接下來要去阻止破壞的人，非得是被愛拯救的人不可。

這是滑稽又奇怪的方程式。然而，不這樣的話就不美麗了。

會配不上那個少年的決心與他的人生觀。

而且，路易斯他們也忘了一件事。

（我跟你不一樣／吾等與你不同／完全就是另一種生物／／所以，不管做什麼都行／

如今，路易斯對復仇對象也抱持著這種認知。

的確，這個世界過度強迫一部分的人做出犧牲。要說這樣會被寬恕還是不會，答案會是後者吧。寬恕之日永遠不會到來。被害者理所當然地有權詛咒、怨懟、憎恨世界。

然而——也只到此為止。

沒道理說被虐者可以虐盡一切。

「被剝奪者，沒理由一視同仁地搶走一切。」

伊莉莎白明確地做出斷言。愛麗絲的白色蝴蝶結沙沙沙地膨脹，少女將凶惡笑容刻劃在稚氣唇瓣上。然而，伊莉莎白卻無視這件事繼續說道：

「渴望復仇是當然的，無法遏止的決心是存在的。然而，如果你們一視同仁地憎恨、殺害、試圖管理一切的話，貫徹傍觀立場的人們也會露出獠牙吧。雙方被害者與加害者的意識會反轉，殺人者會被殺。在被殺者自行獻上腦袋表示『這樣就行了』的前提上，復仇才會結束——你們遇上了悲劇，有資格詛咒世界——然而，別把這個當成大道理高聲吟唱。」

伊莉莎白將兩人映入紅眸。醜陋的混血種男人、在異世界被殺害的少女。他們是無辜的被害者，兩人受到的心靈創傷的深度難以估量。加害者補償的方式已然失落，他們會渴望破滅也是想當然爾的事。然而，他們沒權利對世界實行此舉。

誰都沒權利。

正如路易斯所言，正義已死。既然如此，用「被奪走一切」當作理由求援只能是矛盾不論何種理由，都不能保證行為的正當性。

憎恨世界之人，也不會被世界喜愛。

瀨名櫂人知道這一點。他表示「這種東西我不需要」，連父親都沒有殺掉。在那之後，櫂人也不斷背負痛楚，不曾試圖讓別人品嘗到自己的痛苦。

我喜歡妳，所以由我來背負喔。

他甚至像這樣如此笑道。

「你們令人作嘔。」

伊莉莎白打從心底撂下此言。她認同他們的情感，並且以生者之姿加以唾棄。不論是試圖剝奪、被剝奪、是罪人或是無罪都是一樣的。

「不准為了踐踏他人而自稱弱者。」

現場寂靜無聲，愛麗絲準備從椅子上一躍而下，路易斯抓住她的手臂。他在等待伊莉莎白接下去要說的話。「拷問姬」凶惡地笑道：

「而且啊，你們是在邀誰呢？不得不說致命性地挑錯人選了喔——余是『拷問姬』，伊莉莎白．雷．法紐。是高傲的狼，也是卑賤的母豬。是殘虐又傲慢，有如狼一般高歌享受生命後，會像頭母豬般死去的女人喔——啊啊，是呢。余就在此承認吧。」

伊莉莎白堂堂正正地抬起臉龐。她回想弗拉德昔日的評論。的確，對「拷問姬」而言，持續悲嘆是不被允許的行徑。伊莉莎白窮凶惡極地笑道：

「余被奪走一切，以『拷問姬』之姿戰鬥到最後，身邊什麼也沒剩下，所以那又如何？別搞錯了，路易斯。同情是不對的——余原本就是站在剝奪那一方的人。余殺害許多無辜人民，應當迎來連惡魔都不會陪伴在身邊的死亡，但這又如何？」

伊莉莎白．雷．法紐的人生，總是有一名愚鈍的隨從陪伴著。

已經無法重逢，連談話都不可能，就連聲音都聽不見。即使如此——

「曾經有過安穩且平庸、有如夢境般的片刻。而且，它結束了——這樣就行了。」

就算結束——

還是會有事物繼續延續下去。

「讓余活下去，守護世界，如此渴望的不是別人就是那傢伙。既然如此，就尊重身為主人的決心吧。對罪人而言，至今為止的時光是已經過去的奇蹟跟幸福——已經回不去了，這樣就行了。」

夢總有一天會結束。然而，這樣有什麼不好嗎？

不可以犯錯。伊莉莎白產下忌子，將世界沉入鮮血中，復仇四處蔓延。那個少年並不希望這種結局。既然知道這件事，就有義務要守護，即使對自己而言痛如刀割也一樣。必須讓故事正確地結束才行。

不能弄髒瀨名櫂人的故事。

（不論那個選擇有多錯誤。）

有著美麗又耀眼的事物。

確實曾經存在過，只有這一點至今也沒有改變。

是被那個美麗拋到遠方的人，應該要守護下去的結果。

「余就感謝妳吧，愛麗絲．卡羅。余總算是察覺到了，余的確是變得不像是自己了呢。此時此刻余就高聲誇耀吧，余這個稀世大罪人獨自殘留下來是有其意義的——這也是為了承受你們的怨恨。將憑藉自由意志為惡之人的腦袋砍飛，是惡人的工作喔。」

伊莉莎白用邪惡的表情如此嗤笑。她從椅子上飛身躍下，將手伸向空中。黑暗與花瓣旋渦奢華地捲起，伊莉莎白抽出擁有紅色刀身的愛用長劍。

「『弗蘭肯塔爾斬首劍』！」

她高聲叫道，「拷問姬」手持用來處刑的長劍挺立於現場。

這次愛麗絲真的跳到地板上，路易斯沒有動作。雖然真的只有一點點，但拉・克里斯托夫似乎是笑了。愛麗絲沙沙沙地搖動頭髮，準備破口大罵。

在那之前，伊莉莎白將手指豎在自己的臉龐前方。

「而且啊——其實不論余是否點頭，都已經為時已晚嘍。」

「我說，伊莉莎……嗯，咦？這是什麼意思？」

愛麗絲吃驚地眨眨眼，路易斯皺起眉毛。然而，他有如察覺到某事般，將視線移動至牆上的一點。直覺真準——伊莉莎白點點頭。

下個瞬間，咚轟轟轟轟轟地傳出低沉悶響，整座離宮劇烈震動。

天花板啪啦啪啦地散落碎片。事態非比尋常，路易斯迅速起身，愛麗絲有如膽怯般抓住他的衣角。然而，這個房間沒有窗戶，沒有方法可以確認外面發生了什麼事。不過，聲音與震動剛好從路易斯目光的方位響了起來。

其前方有「沙之神殿」。

伊莉莎白是知道的，這正是狂亂騷動開始的信號。

這聲音不是別的——正是「沙之女王」的遺體遭到爆破的聲音。

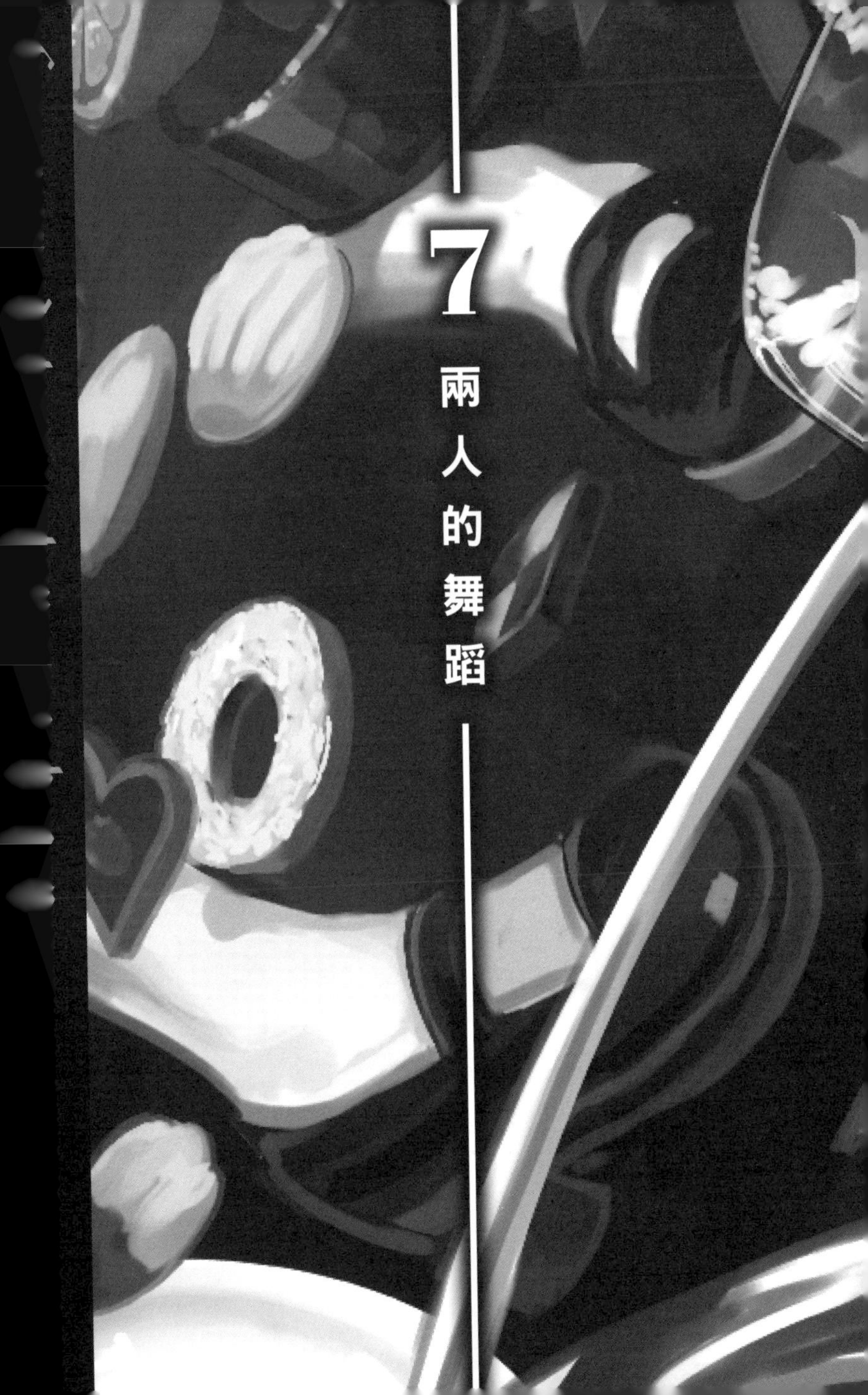

7 兩人的舞蹈

✦✦✦✦「愛麗絲・卡羅」的日記

天氣・晴 氣溫・不冷也不熱喔。

我們的目標進度，感覺總算到了「剛剛脫離淚水池」的階段吧？

父親說「人造人（魔像）的機能會翻譯這裡的語言，不過最好也習
慣一下書寫文字」，所以推薦我寫這個呢！
對愛麗絲來說，這個應該是輕鬆就能做到的事情才對。
而且，在瀨名櫂人相關資料中的日記大家似乎也都寫得很開心，所
以我也決定要來寫日記。羽毛筆的用法我也已經習慣了。
愛麗絲真的是一個好孩子，所以還挺萬能的。
今天的愛麗絲很幸福喔。
明天一定也會幸福的吧。
這樣寫的話，又會被父親大人說不用勉強自己也行嗎？不過，這是
真的嘛！身體一點也不痛，也可以吃好多飯。父親大人今天也很溫
柔，其他人也沒說愛麗絲是壞孩子。沒被任何人揍，沒被毆打，牙
齒也沒斷掉，指甲也沒被拔掉，沒有比這個還幸福的事情了不是嗎！
不過，如果可以提一個奢侈的要求的話，我想要朋友呢。
就像「愛麗絲夢遊仙境」中的黛娜那樣，如果我也有一個重要的人
兒就好了說。所以呀，是不是能跟那個女孩相會，愛麗絲很期待以
後的事情呢。
她會喜歡我嗎？
就像理解瀨名櫂人那樣，也會了解我的痛苦嗎？
嗯，一定沒問題的。因為我們是一樣的嘛。所以就像她跟瀨名櫂人
變得要好一樣，她應該也會中意我才對。好想快點，快點見面喲。

今日的菜單……………………燉菜跟麵包。愛麗絲是乖孩子，所以肉拿到了多一些。
父親大人的反應………………明明是混血種，父親大人卻老是在吃草。
今天的父親大人………………嗯，感覺臉色有點不太好。
今天的父親大人2……………像這樣表示擔心後，他說自己沒事呢。

那麼，今天的日記就到此為止。
啊啊，好期待喔，伊莉莎白・雷・法紐。
一起一起，對世界報好多好多仇吧！

這是伊莉莎白動身前往亞人國度之前的事。

在人類王都上演了某一幕。

舞臺是「地下陵墓」的最下層，排列著王族棺木的大廳前方。演員有兩名，演出的節目是關於亞人之國的襲擊事件——黑色「拷問姬」有如歌詠般告知黃金「拷問姬」。

『聽好了，貞德。余會按照那些傢伙的希望前往亞人之地。在那段期間……妳們跟余分頭行動，趁路易斯他們這兩名主力專心交涉之際解放人質。』

『真是連計策都稱不上的隨便策略呢。【這可不是爛俗這種等級的事喔！老套到不能再老套了，別說是老哏，根本就是哏爆了不是嗎！】』

『正是如此，就是因為這樣——這邊要下點功夫喔。』

伊莉莎白咧嘴一笑後，貞德對提出奸計的聲音表示感興趣。

伊莉莎白毫無迷惘猶豫，也不感到羞恥地告知指示。

提出用棋盤遊戲（Chess game）做比喻，就像是叫人「棄王」般的無謀之舉。

『炸掉【沙之女王】的遺體就行了。』

「這可不是太亂來了——這種程度的事情呢。嗯，別說是下大注，根本就是用禁招。【不過，還不賴。完全就是棒到惡劣至極！就是要這樣啦！】」

貞德有如貓兒般舔了自己的唇。

在「沙之神殿」內部的天花板附近，她飄揚著蜜色秀髮。貞德站在鐵環型的——篝火用的鐵籠延著外圍裝在牆上——巨大照明器具上面。

牆壁每次震動，用鐵鍊吊著的鐵環就會劇烈搖晃，聳立於眼前的骨柱也會發出壓輾聲。大小石片從天花板掉落，在尖銳的雨水中，貞德毫不膽怯地凝視著一點。

在她的視線前方，也就是神殿深處，設置著被黃金與寶石妝點著的六角形聖堂。建築物內還有建築物，宛如套娃似的。不通過那道門扉，就無法參拜【沙之女王】的遺體。這是企圖提升神祕性，同時也是為了防止魔術師入侵的措施。

聖堂內部刻劃著血繪的拒絕陣。

在過去，這道咒語是被施加在整座神殿上面的，但考量到身為舊友的獸人皇族前來拜訪時很不方便，以及神官前往其他區域巡禮時會造成負擔等因素，在第三次和平協定後就解除了這道限制。

結果變成如果是卓越魔術師，就有可能從外部強制進行轉移。然而神殿平常就是對人民自由開放的，刻意入侵等於沒有意義。

即使如此，只有聖堂仍是保持著不可入侵的狀態。只要打開門扉，被血文字妝點的樓梯就會在眼前不斷延伸，而【沙之女王】的墓室就在樓梯的盡頭處。寬敞的地板上厚厚地鋪著玻璃質地的沙子，據說被白濁顆粒半埋的身軀很巨大，看起來就像蜥蜴似的。而且據說遺骸還忘了腐敗，散放著紅色光輝。女王長年以來一直待在安寧的底部。

然而，如今那片靜謐也煙消雲散了吧。爆炸是在聖堂地底發生的。

「……原來如此，這可真戲劇化。【比狙擊本人的心臟還有效果嗎，真是輕鬆啊。】」

貞德用平淡語氣低喃很適合一邊吹口哨一邊講的話語。

爆炸讓神殿內部產生大幅變化。先前為止，人質們被綁住雙臂，無力地倒在地板上。是終焉時的絕望復甦了嗎，他們被絕望與恐懼支配而一動也不動。然而，如今態度卻出現一百八十度的大轉變，爭先恐後地湧向聖堂前方。

手持武器的混血種們啞口無言呆呆地佇立在原地，他們無法理解眾人質態度突然驟變的理由。然而就某種意義而言，亞人的行動是有其一貫性的。亞人種的「正確的人民」，就算處於危機之下也不會弄錯優先順序。比起自身安危，他們更重視高純度的血統與自己對【沙之女王】的敬意。如今，眾人質為了確認女王遺骸是否安好而行動著。

有人靈巧地起身，發足奔跑。其他人雖然跌倒，卻仍是繼續奮鬥著。

混血種們慢了一拍才出手制止，他們發出恫喝，試圖讓眾人質回到原本的位置。

「未經許可不准動！想被殺嗎！」

「住口，為何違反約定！居然試圖危害【沙之女王】陛下的尊貴身軀，不要臉！」

責難聲音此起彼落，混血種氣息一滯感到膽怯，他們沒辦法反駁。

成功進行武力占據時，混血種們將【沙之女王】的遺骸當成【人質的人質】了吧。

無意義地炸掉遺骸，令現場的控制產生困難，也有可能妨礙到拉．克里斯托夫的談判。

然而，地下既然發生爆炸，他們唯一的念頭就只是監視者自作主張犯下了愚行——換言之，就混血種這邊的立場而論，狀況看起來像是自己的陣營有錯似的。

混血種們的應對態度自然而然變得軟弱，一時停下腳步。

「到這邊為止，跟計劃的一樣呢。」

貞德點點頭。然而，混血種們卻比想像中還快再次邁開步伐，試圖確認地下的狀況。他們將力氣灌入握著武器的手。對混血種們而言，為了正確地掌握狀況，聚集在聖堂前的人質們會很礙事。貞德微微瞇起雙眼，就在此時。

咚咚咚——神殿本體的門扉被亂敲一通。

混血種們慌張地回頭，貞德再次點頭。看樣子似乎是趕上了。

外面響起怒喝聲，免於被監禁的眾純血民衝到這邊了。他們的反應很迅速、激烈，而且魯莽。是危害了【沙之女王】嗎——人民們如此責難追究高聲大吼。

充滿第一區域，有如墳場般的沉默就此告終。

能夠藉由恐懼進行支配的時間過於短暫，結束得實在是太輕易了。

混血種們感到愕然，然而驚訝並未持續多久。他們臉上浮現厭惡的表情。

混血種們處於被迫害至今的立場，他們難以理解伴隨著純血主義的自我犧牲吧。

他們再次將武器指向以王族為首的人質們。

（外面的民眾只是因憤怒而忘記立場而已，只要人質發出慘叫，反抗就會平息下來。他們是這樣想的吧。原來如此，此時此刻的最佳解答【是這樣想的嗎！】）

隨即傳來尖叫。

「嗚哇啊啊啊啊啊啊啊啊啊啊啊啊啊啊啊啊啊啊啊啊啊啊啊啊啊啊啊啊啊！」

「…………啥？」

然而，混血種還什麼都沒有做。他們一齊望向聖堂的門扉。

叫聲是從門的另一側，地下那邊傳來的。只有【沙之女王】監視者待著的地方似乎出現不速之客。也就是說，爆炸也不是監視者所為，而是那個人幹的好事。

然而，究竟是何時成功入侵了不可能直接進行轉移的地方呢？為何不是自己這群人，而是先盯上了【沙之女王】呢？而且偏偏在此時讓遺體爆炸的理由又是？

混血種們被完美地擊落疑惑旋渦之中，在加上眾人質與民眾的怒罵聲漸漸從他們身上奪去冷靜思考的從容心。來回眺望眼底的瘋狂騷動後，貞德輕舔自己的唇瓣。

「可以說是時機成熟了吧。【就是肉在燒紅的鐵板上滋滋滋地噴油，料理結束嘍。】」

貞德嘶的一聲做了深呼吸，美麗地向後拱起背脊。她將被束縛風洋裝覆蓋的胸口挺向前方，肋骨微微浮現，蜜色秀髮氣派地流曳至背部。貞德顫動長長的睫毛，用愛憐語調低喃。

「那麼——共舞一曲吧，【我的妳(My Fair Lady)】。」

貞德有如指揮家般雙手高舉。

在那瞬間，排列著許多根骨柱的大廳中——

躍入一具銀色人偶。

＊＊＊

黃金「拷問姬」貞德・多・雷。

在過去，她使役著「其罕見的武力」。

只用獠牙打造的野獸。雖然像人類，骨骼卻有著致命性扭曲的機械人偶。擁有巨大玻璃翅膀，以及管狀四肢的蜥蜴。沒有接縫的雙足步行鎧甲——還有這四具個體組合而成的巨人。既是「它們」，又是「它」的兵器。似四而一，是個體又是整體的巨人。

它正是【機械神(Deus ex Machina)】。

是召喚不受個人資質左右，而且又強力無比的「活生生的兵器」。然而，它卻從貞德手中失落了。為了拯救她的初戀對象——伊莎貝拉・威卡。

發生此事時，正好是終焉開始的號角被吹響的前一刻。

伊莎貝拉被教會的「重整派」抓住。他們硬是讓她吃下惡魔肉，將她變成半人半怪物的模樣。然而，這個狀態只要除去被侵蝕的部位，再用【機械神】加以補足就能勉強復原。就這樣，貞德被迫做出某個選擇。

她能救伊莎貝拉，然而要實踐此事，就得讓用來救世的武器無力化。初戀對象的生命究竟是否比世界還要重呢？答案很清楚。

就連稚子都曉得重要性差多少吧。而且，貞德是為了救世而被打造出來的存在。「虐待奴隸拯救世界，既是聖女又是賤貨」的她，優先選擇自己的戀心滑稽至極。雖然明白此事，貞德仍是選擇了伊莎貝拉。這是差勁到極點的選擇。

終焉近在眼前，她卻在這個狀況下丟掉武器。然而，貞德並不後悔。

不論拯救或是毀滅世界，全部都只是個人的任性之舉。不論重來多少次，貞德都會做出相同的選擇吧。有時候人明知是致命性的過錯，卻還是非這樣選擇不可。

對貞德而言，那個瞬間正是如此。就只是這樣而已。

然而事到如今，這全部都是過去的回憶了。從避開終焉後算起，已經過了三年以上。

在這段期間內，如果不對自身的劣化採取對策，就有損魔術師之名。

避開終焉後，貞德受伊莎貝拉所邀歸入王城之下。她一邊消化公務，一邊努力探索新勢力。在避開終焉的那個時間點上，貞德就失去了被打造出來的目的與戰鬥的意義。然而既然有了心上人，就應該先取回力量吧。

貞德參考熟人的能力，試用了無數刀刃或是拷問器具等等各式各樣的形狀。然而，沒有東西比【機械神】還要更順手。這是意料中的結果。【機械神】雖然不挑召喚者，但另一方面卻是令操縱者魔力枯竭，精神遭到破壞的危險事物。為了習慣使用方式，貞德從小時候就不斷訓練至今。就是因為這樣，她才達到將鋼鐵巨人運用得比刀叉還更靈活的境界。尋找替代品就像切斷自己的手臂，然後去他處追尋長著神經的血肉一樣。沒有東西能達到自己捨棄的那個巨人的境界。

就在貞德像這樣承認自己的極限時，伊莎貝拉悠哉地說了那件事。

「對了，不用我看看嗎？」

而且還偏偏是在茶點時間時投下了這顆炸彈，這是一邊嚼著烤餅乾一邊說出的提議。

在上述這些來龍去脈後，銀色人偶起舞了。

＊＊＊

「真是的……自稱『虐待奴隸拯救世界，既是聖女又是賤貨』的我這樣說雖然有點那個，不過【為啥老子身邊的女人都這麼離譜啊？】」

貞德愕然地低喃，在這段期間內，她依舊熱情且流暢地揮舞著手臂。

在薔薇色眼瞳凝視的前方，銀光描繪出優美曲線。

「她」按照貞德的指揮，在眾人質的縫隙間穿梭而過。「她」用自己那隻化為機械的腿，將反叛者的手臂向上一踹，接著擊打腹部，數種武器陸續被彈飛。

「她」的毆打既是直線又描繪著曲線，是在正常人理解範疇外的攻擊方式。混血種們束手無策地一一倒下，然而下個瞬間，槍彈卻發出銳利聲響掠過「她」身邊。

「——槍？」

貞德微微歪頭。定睛一看，混雜獸人血統的青年正再次將火藥與子彈填入槍內。亞人是擅長金屬加工技術的種族，然而槍雖然在大砲完成後進入了開發階段，但在流通與實用層面上仍是殘留著許多課題。現在頂多只有一部分支配階級擁有做好玩的試作品。這恐怕是從某個人質的宅邸中搶來的物品吧。

「什、什麼……什麼啊，不是人，也不是混血種……妳是啥玩意兒啊！」

青年一邊倒豎臉龐四周的獸毛一邊大吼，他再次開火。然而「她」卻沒怎麼看就砍掉了緊逼而來的子彈。「她」逼近青年，釋出膝擊。

青年朝四周噴灑嘔吐物，當場倒下。別說是混血種，就連人質們都一片嘩然。

「她」的動作已經超越了生物能做到的領域。

（正確來說，不只是動作就是了呢。【『老子的女人』可不只有這種程度喔。】）

貞德一邊觀察動搖擴展開來的程度，一邊如此思考。

現在，她將自己詳細的視覺情報，以及貞德直接傳遞的鳥瞰視覺情報與指示相互結合，不斷地選擇最好的行動。對人類而言，這是完全不可能的技藝。

「她」克服著為難人的難題，連一步都不曾停下。

有如在冰面滑行般的奔馳只能用優美形容，甚至到了某處好像會傳來音樂般的地步。

聖堂忽然也出現變化。被黃金與寶石妝點的牆壁下半部開出許多洞穴。

數個金屬球切出圓形出口現身了。在原地轉上一圈後，它將腿伸出。完成的全貌很像蜘蛛，然而卻不見得一定是八隻腳，也有奇數的個體存在。

它們沙沙沙地迅速向前爬行，追上「她」後，它們高高躍起。那些東西在半空中再次回轉，變化為各式各樣的形狀。它們發出喀嚓聲響，嵌進她的胸部或是大腿等部位。

那是由【機械神】的碎片所構成的「沒有生命的生物」們。一回到「她」身上後，它們就以零件之姿沉默了。從地下返回這裡的路上似乎沒有失去任何個體。

確認全數都平安無事後，貞德點點頭。為了整理狀況，她輕聲低喃。

「正如我在此處所示，要轉移至神殿內部很簡單，接下來才是困難的部分……輕舉妄動會危害到人質。畢竟【沙之女王】那邊配置了監視者，在它有可能受到危害的狀況下，就連人質本人的脫逃都有可能受到阻礙。【就算這樣好了，會由我方炸掉最大的障礙嗎？真行啊。】」

貞德無話可說地聳聳肩，在這段期間內「她」仍然跳著優美的舞蹈。

到現況為止的來龍去脈，貞德反芻了半晌。

＊＊＊

這是伊莉莎白按照黑衣男的要求，動身前往亞人之國那時的事。

貞德跟「她」悄悄地轉移至祭祀【沙之女王】的神殿內部。

抵達後，貞德藏身在天花板附近，「她」則是躲在柱子後面。接著在不影響「她」生命活動的範圍內分離【機械神】，在聖堂的壁面上挖洞入侵內部。

威脅的內容流露出混血種在【沙之女王】旁邊安裝了炸藥的情報。貞德她們讓機械零件互擊腿部，產生火花引爆了那些炸藥。這是在伊莉莎白的提議下進行的行動，然而並不是沒有問題。

不如說全是問題。

炸掉【沙之女王】不是觸怒種族情感這種級別就能了事的行為，它等同於宣戰布告。伊莉莎白傳達作戰計畫時，「她」激烈地表示反對。

然而，伊莉莎白卻膽大妄為地笑了。

──的確，正是如此喔。如果「真的破壞掉」，而且又穿幫的話。

換言之，只要不損壞遺體，是何人所為又沒穿幫的話就行了。雖然亂來，但在這種緊急情況下卻又有一番道理。只是在那邊說漂亮的話就能解決一切，那就用不著辛苦了。

即使如此，「她」仍然感到不安。然而伊莉莎白卻咧嘴一笑說了下去。

——別擔心，連聖堂都炸不毀的爆炸，是不會毀損【沙之女王】的遺骸的。

畢竟伊莉莎白也不是毫無根據就訂下計畫。

她著眼的是某個情報。「祭祀【沙之女王】的神殿，是用女王近親之人的骨頭打造而成的」。據說「一部分的柱子變質成為寶石」。一般來說不可能會有這個變化。

骨頭寶石化需要魔術師以專用爐具高溫燒烤，再施以高壓進行人工合成才行，因此難以想像用在建築物上的骨頭會自然而然地達成變化。既然如此，就能推測變質原因是在「材料」——女王近親之人的骨頭。女王的遺骸也很有可能達到在那之上的變化。伊莉莎白如此預測，並且在動身出發前的短暫時間中讓文官們盡可能地網羅資料，因為亞人們隱瞞了【沙之女王】遺骸的細節。

眾人認為檢索資料會是一件很困難的事情，然而出乎意料的是，在歌謠與傳說中發現了許多與其相符的描述。

「超越死亡所遺留下來的」「閃耀姿態」「耀眼的大人啊」。

「在紅鱗妝點下」「美麗之石」「永遠的守護之手」。

以上的形容與【沙之女王】的遺體「沒有腐敗，散放紅色光輝」的紀錄一致。鱗片有可能侵蝕肌肉跟骨頭，讓遺骸達到寶石化的狀態。這材質也用在最應該要守護的神殿上面，由此事實可得知硬度也很足夠吧。【沙之女王】生前戰鬥時的鱗片軼聞也用來當作參考。因此，伊莉莎白判斷臨時湊齊的火力無法造成損傷。只不過，即使如此眾人質仍是害怕【沙之女王】的遺骸受到損傷，因此才服從。

因為對信仰者而言，崇拜對象「會被加害」這件事本身就恐怖得難以承受吧。關於這點人類也一樣。舉例來說，聖女像只不過是銅。然而當它遭到鞭打時，信徒就會發出悲鳴。

老實且虔誠的信仰心被混血種們濫用了，伊莉莎白順水推舟利用了這一點。

只要撐過這個緊要關頭，之後遺骸就會平安無事地遺留下來，那事態就會自然而然地平息。可以找藉口說爆炸是混血種幹的好事，或是在種種偶然下才著火的。

所謂「決勝負時心狠手辣也很重要」，就是弗拉德之言。

伊莉莎白的戰鬥方針，無疑很符合他愛女的身分。

「只不過她也是逼不得已的就是了。雖說是繼父繼女，但那兩人卻挺像的……【喔喔，發呆過頭了吶。哎，就算只有『她』也沒問題就是了】。」

貞德眨了眨眼。在眼底，舞蹈已邁向終焉。

幾乎所有混血種都已經躺平，然而最後一人——三種族特徵散布各處的男人——卻拚死頑抗。奇蹟般地彈開「她」的斬擊後，他發足急奔。男人用被獸毛與鱗片覆蓋的手，一把抓住亞人種少女被綁住的手臂。

她驚聲尖叫。那是一名擁有藍鱗，身披高級絲質布料的姑娘，是某個高官的家人吧。

男人用短劍劍刃抵住纖細的喉嚨。

「不、不准再靠近！這女孩怎樣都沒關係嗎！」

（雖然是脫口而出，【不過就算這樣好了，這臺詞也太老套了吧】。）

貞德發出沉吟如此思考。神殿裡的人員多到沒必要，並不重視效率。她也能從這點判斷此處並未配置單槍匹馬襲擊王都、最後還自裁的那個人那樣的逸材。將無力反抗的人質分配給年輕成員們，也是為了要讓他們「習慣現場」吧。預測正中紅心，如今也只是向「她」發出指令，事件就會落幕這種程度的狀況。

（那麼，這裡……該怎麼辦呢？）

然而，貞德卻刻意自行採取行動。她用像是要去散步的悠哉感覺，踏著可愛步伐走向前方。貞德就這樣從鐵環上朝空中邁出一步。

蜜色秀髮輕柔地搖曳，白皙身軀輕飄飄地向前傾。

貞德像以前那樣墜落。

看準男人的正上方。

＊＊＊

「不應該是這樣子的」。

預想的最棒劇本被搞砸時，不論是誰都會想到這句話。

跟人類亞人獸人還是混血種都沒關係，這是天經地義的想法。而且，破壞舞臺的對手還是突然現身的異物。愈是過分相信自己處於優勢的人，襲來的困惑也會愈深吧。然而，如果多少有一些聰明的話，就有可能採取新的手段，試圖捲土重來。

逃亡是愚策，就算原路折返也是無救，只是向後倒掉進同一個洞穴罷了。

然而，男人偏偏做了這個選擇。他一步步地緩緩向後退。

他似乎打算從神殿的門扉脫逃。雖然受到悲鳴與槍聲的影響而沉默，但外面仍有憤怒的民眾。男人被眼前的威脅轉移注意力，忘記了嚴苛的現實。然而，他忽然停下腳步。他的第六感似乎不錯，不愧是殘存到最後一刻的人。男人猛然驚覺仰望上方。

那兒有著黃金女孩。貞德有如鳥兒般飛舞而下，一邊低喃。

「失敬了——【當個乖小孩，睡覺覺嘍】。」

貞德用令人難以置信地柔軟度彎曲身體，用腳尖掠過男人的下巴。

腦部被漂亮地搖晃，他昏倒了。對貞德而言只要有那個心，即使要折斷男人的脖子也是易如反掌之事。然而，她卻饒過了他的性命。貞德利用踢擊男人的反作用力略微減速，她確認亞人少女平安無事，朝害怕的臉龐微微一笑。

眼看貞德就要直接撞向地板，在那之前，銀光宛如流星般奔馳。

「她」伸長雙臂，接住貞德。

跟昔日相同，有如騎士抱住黃金公主般的光景再次上演。

簡直像是童話裡的一幕。

「她」將貞德整個人擁入懷中。鬆了一口氣後，「她」將鼻尖埋入柔軟的蜜色秀髮中。

看到這幅光景後，亞人少女不知為何雙頰飛紅，整個人高高蹦起。

同一時間，「她」——伊莎貝拉．威卡從貞德那邊移開臉龐大吼：

「真是的，妳為何突然跳下來！我還以為心臟要停止跳動了耶！」

「哎呀，意思是『我的妳』會失手沒接住我？【這就是所謂的自我評價過低！棒極了的好女人，怎麼可能會犯下這麼難看的失敗呢！】」

貞德用活潑聲音回應，被伊莎貝拉緊緊抱住讓她滿足無比。

話說回來，剛才的情況僅靠伊莎貝拉一人也足以應對。貞德明知如此，卻仍是跳了下來。這一切都是為了讓狀況演變至此的行動。

單單就只是貞德喜歡被伊莎貝拉抱住而已。

伊莎貝拉確認貞德有無受傷。鬆了一口氣後，她清清喉嚨。

「唔……的確，我無意眼睜睜地漏接妳。不過，該擔心的事還是會擔心。希望妳務必避免亂來的行為……懂嗎？」

「好～我明白了。【嗯嗯，當然嘍】。」

「感覺妳……不懂耶？」

伊莎貝拉不開心地嘟嘴，貞德發出輕笑。看她從平時像是機械人偶般的模樣，很難相信會有這種反應。貞德顯然沒有在反省，伊莎貝拉眉頭一皺發出沉吟。

另一方面，貞德心情絕佳地繼續思考。

（原來如此，真是有趣呢。【這就是讓別人擔心的那種『心癢癢』的感覺嗎！意外地還不賴嘛！】……而且，請原諒我，『我的妳』。要不是這種機會，可沒辦法跟妳黏在一起吧？）

貞德把自己的心意告訴了伊莎貝拉，然而其實兩人並沒有在交往。

而且，這也已經是令人懷念的一幕了。

避開終焉後，貞德再次被伊莎貝拉如此詢問。

『有一件事想先向妳確認……妳說喜歡我是在說真的嗎？』

『嗯，我不會找藉口逃避。【所以，老子才擅自把妳的一部分更換成機械，因為無論如何都想要幫助妳呢。】』

『聽妳說是初戀？』

『嗯，正是如此。』

『……是嗎，我很清楚了。謝謝，我懂了。』

在那之後，伊莎貝拉什麼也沒對貞德說。

結果她並未回應告白。

伊莎貝拉只是邀請貞德當王國魔術師，將她擺在身旁，就只是如此而已。

貞德不懂伊莎貝拉的想法。話又說回來，別說是女人心，就連正常人情感的細微變化她都難以理解，因此總是被伊莎貝拉的言行耍得團團轉。然而，貞德的這種動搖並未傳達到當事人心中，這樣令人感到心焦。然而，貞德並不打算強迫伊莎貝拉做出回應，光是能待在她身旁就已足夠了。

對於滿身血腥的人來說，這樣可以說是過分的幸福吧。

然而，有時候貞德仍是想被整個人緊緊擁在懷中。

這是連她自己都感到不可思議的甜美欲求。

貞德趁這個空檔咕嚕嚕地貼住伊莎貝拉。看起來沒在反省——伊莎貝拉正準備如此開口，不過在自己被說教前，貞德用指尖堵上那張唇瓣。伊莎貝拉眨眨眼睛保持沉默，貞德愛憐地將手伸向有金屬製齒輪回轉著的臉頰。

「妳才是呢，沒事吧？妳相當勉強了自己，就算試圖用魔力補強，對肉體部分仍會產生衝擊吧？【一般來說，現在可是鮮血吐滿地的時候喔？】」

「感謝妳的體貼，但我鍛練得比別人多一倍，所以無需擔心。別看我這樣，我可是團長喔！」

伊莎貝拉用力握拳。的確，她看起來並不疲憊。然而，貞德仍是在她身上東摸西摸確認有無異常。伊莎貝拉又露出氣鼓鼓的表情。

剛才的動作超越了生物的範圍，貞德擔心它造成的負擔。

跳舞般的戰鬥方式是兩人一起創造出來的。在【最終決戰】時，伊莎貝拉察覺到讓自身機械部分運作的方式。貞德在其中下了一些功夫，作為技法完成了這個招式。

貞德將魔力輸入填補伊莎貝拉身軀的【機械神】，有如人偶般進行操作。如今，伊莎貝拉・威卡正是她的新武器。

被貞德「操縱」的期間，伊莎貝拉的身體能力跟情報處理能力會大幅提升。另外她也會宛如真正的【機械神】般，就算不透過話語也能接受到貞德的指示。伊莎貝拉也會參雜自己的判斷，一邊自行移動一邊按照貞德希望的那樣去戰鬥。

簡直像是將身體交到對方手中，卻還是自行移動雙腳似的。

就像一同共舞。

因此，她們將這招稱為【雙人舞（Waltz）】

亞人少女還在為了貞德跟伊莎貝拉的互動發出興奮尖叫。是被兩人的漂亮外貌直擊心靈嗎，她似乎覺醒了些什麼。看到這副活潑的模樣，人質們似乎察覺到生命的危機已經去除。他們怯生生地面面相覷。

下個瞬間，眾人質轟然湧至聖堂前方。

語調雖然平淡，貞德仍是說出愕然話語。

「學不乖又不屈不饒呢。【嗯，這也是信念……可以這樣說嗎？】」

「有了那麼慘的遭遇還有力氣奮鬥，我覺得這是好事就是了。」

「真是老好人的感想呢。【在老子眼中倒像是十成十的呆子。】……哎，就這樣吧。」

這次眾人質真的成功開啟了聖堂的門扉。貞德一邊眺望衝向地下的眾人，一邊重新用背部靠住伊莎貝拉。是想要替剩下的婦儒鬆綁嗎，伊莎貝拉露出困擾的表情。貞德佯裝不知，一邊對她撒嬌一邊低喃。

「亂七八糟的要求已經達成。再過一會兒，就將人質們與第二級居民按照順序移送至安全的地方。妳那邊就自行努力嘍，伊莉莎白·雷·法紐。【雖然不知道情況變成怎樣，不過就算沒辦法活著回來，也要用毅力傳回情報喔。】」

黃金「拷問姬」桀傲不遜地如此宣告。

在遠處的亞人之王的離宮裡，黑色「拷問姬」點頭表示同意。

＊＊＊

「——嗯，了解。用不著妳說，余這邊也會自行想辦法解決。」

聲音有來無往，即使如此，伊莉莎白仍然低喃做出回應。她銳利地彈響手指。漂浮在紅色單眼前方的薄血膜爆開，映照在表面上的神殿內部光景破碎四散。宛如淚珠般的紅色水滴從伊莉莎白的臉頰上滑落。

發生了什麼事嗎——愛麗絲身軀一震，路易斯依舊無語。

用手背拭去水滴後，伊莉莎白堂堂正正地與兩人對峙。她用【弗蘭肯塔爾斬首劍】在空中一揮，也讓黑暗與花瓣纏在空著的左手上。

是感受到戰鬥的意思嗎？愛麗絲有如回應般向前踏出一步。

拉．克里斯托夫簡短地點點頭。從神殿的震動與伊莉莎白的低喃中，他領悟到人質事件已經解決了。為了讓自己也進入戰鬥狀態，拉．克里斯托夫準備鬆開鎖鍊。

伊莉莎白猛然揪住他的後領。

「好！」

「嗯？」

伊莉莎白將魔力流通至纏著花瓣的手掌，就這樣抬起拉．克里斯托夫的修長身軀。她突然消去【弗蘭肯塔爾斬首劍】，強而有力地做出宣言。

「要逃跑嘍！」

「啊？」

拉．克里斯托夫瞪大雙眼。數秒後，他再次猛然一驚。看樣子他似乎對發生在自己身上的狀況反應很遲鈍。伊莉莎白開始急奔，沒對他做出任何說明。然而，要完全抬起修長身軀畢竟是不可能的事情。伊莉莎白毫不留情地拖著他的衣服下襬跟頭髮，就這樣跑走了。她咚的一聲踹開門扉衝到外面。

然後，出人意表地靜靜關上門。

之後只留下寂靜無聲的沉默。

嗯嗯？愛麗絲歪頭露出不解表情，數秒後她猛然爆發。

「這……這……這！這算啥啊啊啊啊啊啊啊啊啊啊啊啊啊啊啊啊啊！」

愛麗絲勁道十足地一躍而起，帽子的白色蝴蝶結也整個豎起。愛麗絲在原地跳了次幾下表示自己暴跳如雷，她來回揮舞拳頭大吼：

「在、在那種走向下居然沒戰鬥，而是直接逃走是怎麼一回事啊！這是怎麼一回事！大放厥詞後就逃走好狡猾喔，狡猾到不行！父親大人，我們立刻追上去吧！比追趕白兔還快地立刻過去！」

「不，不用急。」

路易斯淡淡地低喃，愛麗絲再次「呃」的一聲歪歪頭。

路易斯緩緩將仍然拿在手中的面具靠向自己的臉龐。他發出一聲喀嚓輕響，用有著烏鴉形狀的白色掩去半張面容後，路易斯輕聲低喃。

「要逃也行。自由地、要去哪裡都行。然後，去明白這個世界已經結束了。不——」

是打從最初就結束了。

路易斯冰冷地做出斷言，他在嘴邊盈滿微微笑意。

那是極自嘲、疲累不堪的——

被至今為止最深不可測的惡意所塗滿的表情。

8 眾胎與嬰兒

那麼，我想談談代價。究竟是指什麼事呢？那還用說嗎？關於足以要你背叛一切，毀滅世界的回禮。

很遺憾，那個回禮是什麼，我完全沒有概念。聖人被奪走了許多事物，復原方式不明，甚至偷懶不去努力解析。不可理解的現象在奇蹟的名下被容許至今。每個人都停止了思考。舉例來說，你不曾擔心過嗎？

偷走你們的血肉，扭曲骨骼，入侵精神的對象，真的是——「那個」神嗎？

不可能是其他——吾等所無法感知的——上位生物剛好與你們的祈禱波長一致，所以才連接上去的嗎？說到底這畢竟也只是紙上談兵，沒有超脫低俗想像的領域。然而，也不可能加以否定，因為任誰也不懂從人到聖人為止的正確機制。

即使如此，你們仍然持續相信著。認定人只能祈禱，既然如此就應該要這樣做。救贖是存在著，歡愉是存在的。維持一身正確清明，幫助弱小，心繫神明正是所謂的信仰。

這是一個疑問。

是愚行。

終焉時已經得到證明，神僅是一種現象。聖女憎恨一切，種下惡意的種子。你們祈禱的對象已不再是尊貴的存在。只是毫不客氣地剝奪，再重新賜予的某種事物罷了。

那個甚至像是惡魔契約的機制。

抱歉，這不是現在應該對朋友提及的議題，言歸正傳吧。失去之物再也無法取回。即使如此……不，正是因為如此，你不想要其他東西作為替代品嗎？

我們打算進行處罰，將世上的一切納入掌中。然後，將愚者悉數殺光。

不論我是否成事，結局都不會改變。救贖不會造訪任何一人。

終結之日總有一天會到來，在那之前，你沒有想要得到的東西嗎？

至少有一個也好……有的嗎？居然是有的嗎！

不，抱歉。明明是自己問的卻吃驚了。我希望你能自由地表述希望，我會盡可能地去準備的。【纖細的養鳥人】，拉·克里斯托夫。相信神，被人疏遠之人啊。

你尋求何物？

……噢，稍等一下。有愛麗絲的聲音。「拷問姬」似乎總算是抵達了。

後續之後再談。請你務必不要改變心意，把答案告訴我。

把如果神能夠更加大慈大悲——

你應該就用不著渴望的某物告訴我。

＊＊＊

伊莉莎白發出高亢靴音，在走廊上趕路。

通道是由石壁構成的，沒有窗戶。然而在具有壓迫感的昏暗之中，仍是矗立著好幾根裝飾柱。蜥蜴或花朵之類的金屬飾物在空間中增添華美感。

幸好沒有被切斷的屍體或是內臟之類的東西。在離宮中央地帶似乎沒發生慘劇。

即使如此，伊莉莎白仍不改臉上的嚴峻表情。而且，她仍然持續發出滋滋滋滋滋滋的奇妙聲響。伊莉莎白到現在還拖著拉·克里斯托夫。

她揪著他的衣領，以傾斜的方式搬運著他。

拉·克里斯托夫維持站姿，就這樣放鬆全身的力量，就某種意義而論這樣很靈巧。心如死灰般的模樣看起來也像是被挖出棺材的屍骸，或是習慣蠻橫飼主的貓兒。然而，拉·克里斯托夫卻有如想起自己仍然活著的事實般開了口。

「可以打擾一下嗎，伊莉莎白·雷·法紐？」

「嗯？現在正在脫逃中有什麼事？如果跟神殿發生的騷動有關，事後再問吧。」

「無妨。在貞德·托·雷跟伊莎貝拉分頭行動的時間點上，大概就能料到會這樣。現在我想說的是其他事情。可以請妳稍微留心一下我的頭髮嗎，它一直被扯斷著呢？」

「嗯嗯？」

伊莉莎白發出嘰嘰聲響緊急煞車，率直地回頭望向後方。

正如他所言，拉·克里斯托夫的長髮被複雜地捲入鞋底跟衣服下襬，變成了犧牲品。因為原本髮量就多，所以在外觀上的變化不大，然而有好幾束都散開了。

眺望這幅慘狀後，伊莉莎白無語了。她拎著拉·克里斯托夫，就這樣開口詢問。

「呃，余是覺得很不好意思，但這個是足以讓你開口喊停的問題嗎？」

「正是如此，我自己並沒有什麼特別的想法。就算頭髮全滅，只要頭皮殘留下來就贏了。這只是希望妳能停下腳步才說出口的詭辯，其實想問的是妳行進的方向。」

「頭髮掉的話，就算是余也會覺得有責任啊……話說，你直說不就行了嗎！」

「因為我判斷頭髮的話題比較能讓伊莉莎白·雷·法紐停下腳步。」

「你這是啥判斷啊。」

伊莉莎白咻咻咻地縱向搖晃拉·克里斯托夫。他歪歪頭，這個反應源自毫無惡意的天然呆。拉·克里斯托夫有如什麼事都沒發生般，認真地繼續說道：

「那麼我就重問吧。妳似乎有在事前背下建築物的格局圖。的確，吾等正朝外面接近，然而卻有點在繞遠路。這是察覺到異變而做出的選擇吧？」

「……既然明白，出聲詢問有何意義？」

「以一己之獨斷而出聲制止，就只是因為傲慢罷了。我再次提問吧，伊莉莎白·雷·法紐。『拷問姬』認為『【現在】應該要去看那個東西』是嗎？」

拉．克里斯托夫表情認真地詢問，伊莉莎白發出沉吟思考。聖人的精神性很特殊，不論「目的地」那邊有何物等待著，對他自己而言都不是問題吧。

也就是說，拉．克里斯托夫擔心她是否會受到打擊。伊莉莎白有一種受到侮辱的感覺。然而，她卻自制了怨言。她只是確認後方的氣息。

直到遠方都沒有任何人在，愛麗絲沒有追來。這種狀況，就算是不自然也要有個限度。

（的確，拉．克里斯托夫會瞎操心也很正常。愛麗絲跟路易斯都沒有追上來……意思就是說，他們很有可能是故意放任余等自由行動嗎？）

前進，摸索，奔跑，然後去看，映照在眼簾之中。

放棄所有希望吧——現場有著簡直像是被如此宣告般的詭異。

（話雖如此，人無遠慮必有近憂，就這樣置之不理的回去也並非上策。）

伊莉莎白是知道的，被人撒下的「惡意種子」立刻就會生根，然後會開出一大朵花。發現的人必須盡快將它除去才行。

伊莉莎白簡短地點頭。她維持行進方向，再次發足奔馳。

是尊重這個判斷嗎，拉．克里斯托夫閉上了嘴巴。就算黑髮再次被扯斷，他也依舊保持沉默。拉．克里斯托夫臉上掛著老狗容許小女孩惡作劇的表情，就這樣被拖行。

目前，伊莉莎白他們正朝外面前進，同時朝「存在於半路上——感覺上應該是如此——

的某個場所」。然而，這一切都很曖昧不清，連正確的位置都不確定。

畢竟她只是在追尋「心中在意的氣味」罷了。

從「祈禱大廳」逃走後，伊莉莎白就察覺到了「那個東西」。拉・克里斯托夫應該也在同一時刻開始意識到異變。入口散布著屍體，兩人卻朝反方向前進，明明應該是這樣才對，但愈是前行空氣的混濁度就愈濃冽。置之不理地離開太危險了。然而伊莉莎白確實也有預感，那就是當根源一旦進入眼簾，心中就有可能襲來某種後悔。

如今，伊莉莎白一邊動著腳，一邊如此心想。

（為了【世界的變革】，路易斯說他們造出無數隻「惡魔之子的孩子」。）

禁忌的實驗與這股穢氣很有可能有關聯。

這股腥臭氣息是由血腥味，以及調配藥物時曾經用過——就某種意義而論，母體也可以說是材料的一種——的魔術師才能判別的味道所構成。

它是原本不該飄散過來的……

羊水的氣味。

＊＊＊

「看樣子，就是，這裡了。」

喀，喀，喀。

在硬脆聲響的最後，伊莉莎白停下腳步。

她面前聳立著一道用金屬裝飾著的雙開式門扉。

在不久前，伊莉莎白他們抵達了「王與賓客專用」的玄關大廳。然而，他們卻無視正門進入了右手邊的通道。每前進一些，周圍那些裝飾物的奢華程度就會跟著增加。

如今，有數百隻蜥蜴的雕刻爬在壁面與天花板的上面。在浮雕的身體裡，由寶石製成的眼睛紛紛發出閃亮光輝。大大小小的蜥蜴們一邊疊合，一邊朝深處前進。抵達伊莉莎白面前的那道門扉後，蜥蜴們圍住四周，就這樣構成了門扉的裝飾框。

在門扉表面，除了門把以外都貼著鱗片狀的銀製工藝品。

伊莉莎白沙沙沙地輕撫它們，比對了在腦海裡的格局圖。

（另一頭記得是大廳。）

這裡應該是用來舉辦舞會或是站食自助餐、或是招待賓客、側室表演才藝、王之子的襲名儀式等等多用途的場所。然而，如今卻纏著沉重黑影。這也是理所當然的事情。

畢竟這道門扉，就是血與羊水氣味的起源。

拉．克里斯托夫猛然彈起，從伊莉莎白手中逃開。雙臂仍然被鎖鍊綁住的他，靈巧地重新面向門扉。拉．克里斯托夫有如警告般低喃：

「——伊莉莎白．雷．法紐。」

「嗯，余明白。」

與他並肩而立後，伊莉莎白望向腳邊。地板上有一灘大水窪。液體是從門縫滲出的。由於總是會有沙子跑進室內之故，亞人之國並沒有鋪地毯的習慣，因此可以清楚確認到透明的水混雜著紅色的模樣。

而且，門扉另一側甚至傳來嗤笑聲。

那像是嬰兒在鬧脾氣的聲音，也像是哭聲。

（不過，難以想像這裡會有小孩。）

伊莉莎白瞪視門扉。除去被切斷的屍體外，宅邸內沒有亞人的身影。側室跟王的孩子們當然用不著說，就連隨從都是第一級純血民，所以他們被抓去神殿裡面了。路易斯他們決定將空出來的地方當成臨時據點了吧，而且還將某物帶到裡面。

那東西究竟是何物？

不好的預感不斷變強，伊莉莎白產生某種確信。

（最好別打開這扇門。）

與「這邊」隔開的「那邊」正上演著不能窺探的光景。然而，卻無法視而不見。畢竟就算從醜惡存在上面移開目光，結果也不會改變。

不久後它就會追上來，在背上刺上一刀吧。

然而，如果有問題的話。

（就是「存在」於對面的東西，是否會讓現在的自己受到影響吧？）

如果是以前，甚至不會想到這種不安。就算被他人提醒，伊莉莎白也會從鼻子發出冷哼不當一回事吧。畢竟伊莉莎白是「拷問姬」，這一路上她曾直視過無數次地獄。別說是目擊【初始惡魔】，她甚至曾經被嵌入御柱的中心。

更重要的是，「拷問姬」原本就是製造出地獄的那一方。過去伊莉莎白曾經用痛苦與絕望染遍整座城鎮。「拷問姬」有如讚美般沐浴著無數憎惡吼聲。

可恨的伊莉莎白，駭人的伊莉莎白，醜惡又殘忍的伊莉莎白！

受詛咒吧，受詛咒吧，受詛咒吧，受詛咒吧，永遠受詛咒吧，伊莉莎白！

事到如今還有什麼好驚訝的呢。然而，如果是自己就能將全部一飲而盡的壯言豪語，現在也變得只是粗心大意罷了。與終焉前相比，現在連常識都不一樣了。所有前提與狀況都宛如怒濤般不斷變化，連自己會受到何種衝擊都無法進行完美的預測。

伊莉莎白已經無法做出斷言了。

（被遺留在這個世界裡的東西，以及萬物——）

是否真的能夠不讓自己失望呢？

即使如此，「拷問姬」仍是伸出手臂。她緩緩推開門扉。

然後，看見了。

映照在，眼簾之中。

看見在房間地板上的——

白色肉胎。

＊＊＊

那邊是外表光滑……

令人聯想到蛋剝掉殼的——

肉胎。

醜惡地脹成圓滾滾的肉胎。表面繃得死緊，滑不著手又光溜溜的。那無疑就是肉袋。然而，其實並不是袋子。那是頂點長著肚臍的東西，是勉強包裹在人類皮膚之下的事物。換言之，那是人體。是活人身體部位變得異常發達的存在。有女胎，也有男胎。然而，它果然就只是肉塊。

肉袋裡——

有著肉胎。

「……原來如此？」

確認「對面」後，伊莉莎白簡潔地低喃。

眼前上演的光景，其醜惡度與血腥度略微超過她的料想。然而，卻也不是超出預料的惡夢。只不過，與惡魔製造出來的慘劇相比大異其趣。

感想就只是這種程度而已。另一方面，伊莉莎白記得自己目睹過類似的光景。內容本身大不相同，給人的印象卻很接近。

那是她過去實際取締過的事件。混血種孩子們被當成惡魔崇拜儀式中的活祭品。他們被割掉獸耳，毛皮部分也被剝下。雖然頭部被弄成肌肉纖維塊，其中一名少年卻仍然有著呼吸。

這件事就惡魔所為而論很半吊子，不過說是人類所為的話卻又讓人難以置信。

（這幅光景跟那個很相似。）

／我跟你不一樣／吾等與你不同／完全就是另一種生物／

／所以，不管做什麼都行／

沒有少部分的人得到的「醜惡的免死金牌」，活人就絕對弄不出這種慘狀。

伊莉莎白再次確認室內，裡面「空無一物」。這裡原本就是配合用途每次都會改變裝潢的場所。然而，如今連最低限度的家具都被搬走了。

只剩下遍地的肉胎。

正確地說，這裡有人「在場」。

女性、男性、老翁、老婦、青年、女孩，滾得滿地都是。

只不過他們是否還能稱為人，關於這件事存有很大的疑問空間就是了。甚至已經會讓人覺得稱呼它為「膨脹成圓形的肉胎長著人類手腳跟頭部的東西」還比較適合。

被害者們變形後的姿態就是異樣到如此境界。

他們的肚子有如蛋一樣膨脹，超出了人體的可能範圍。

所有人都是裸體，性器官也曝露在外。然而考慮到肚子那異樣的膨脹率，這只是枝微末節的小事吧。股間仍然持續流出排洩物或是羊水，安置方式很隨便。另一方面，與體積相比算是很小的腳底刻有數字，跟肉塊放進倉庫貯藏時烙在上面的印記很相似。這恐怕是「管理編號」吧。就算現場如此凌亂，似乎還是做了最低限度的整理。

這可以說是腥臭露骨，卻又很工業化的光景。被施加的行為都欠缺倫理性。

（的確，只要滾進來就行的話是很輕鬆，要帶進門意外地方便吧。）

伊莉莎白遙想他們被搬過來的來龍去脈，冷淡地點點頭。

同時，伊莉莎白也反芻了路易斯的話語。

（『讓男女召喚低級惡魔，再破壞雙方的自我，讓他們創造出兩個小孩，接著再讓小孩之間進行雜交』……到這邊為止是人形遭到破壞之物的工作，那麼——）

接下來是如何呢？「惡魔之子的孩子」也有可能跟人類進行交配，路易斯是這樣說的。

地上的東西們就是那件事的研究結果吧。從愛麗絲的邀約判斷，女性似乎比較適合。然而如果不管品質的話，對「母體」而言年齡跟性別似乎都無所謂。試著一想，這也是理所當然的事情。雖然憑藉「人類方」的本能模仿其形式，但實際上卻跟儀式魔術很相近。既然如此，對方有沒有臟器都只是雞毛蒜皮的小事。只不過不知為何，被害者腹部的膨脹方式不論男女都能看見些許差異。這種實例雖然令人作嘔，卻是饒富深趣。伊莉莎白繼續思索。

（路易斯希望余跟「惡魔之子的孩子」之間生下兩個嬰兒。也就是說，他判斷就算生下最初的那一人，余這邊也不會有生命危險。）

即使這種生產方式會直接導致死亡也一樣。

另外，愛麗絲看起來也不像是在說謊。她是真的打算讓伊莉莎白跟瀨名櫂人重逢。從兩人的態度可以預測出如果是優秀的魔術師，肉體就不會產生變形。的確，被害者的魔力量與肚子膨脹度的差異一致。

（嬰兒恐怕是以人的魔力作為營養來源。）

如此一來，就會產生新的疑問。在魔力供給不足的情況下，為何「母體」的肚子會膨脹呢？說起來很簡單，因為嬰兒為了從其他東西那邊取得養分，所以實現了快速成長。

它們甚至發育到連牙齒都長齊了。在那之後，嬰兒會啃食「母體」的血肉與肉臟。

關於這個推測，偏偏已經被證明是正確無誤的了。腹內傳出咀嚼聲。濕潤的聲音一變激烈，「母體」就會無言地手腳亂揮。他們已經連開口表示劇痛都做不到了。然而，嗤笑聲與哭聲仍然持續著。

那不是「母體」發出的聲音。

是尚未產下的，嬰兒們的聲音。

胎兒在跳舞。

連為母之心都不懂地跳著舞。

＊＊＊

伊莉莎白在此停止思索，她閉上眼皮。前來這個房間前，伊莉莎白看到也聽見許多情報。她在黑暗中將它們簡略地排列在腦海裡。

（混血種曾一度試圖原諒受到迫害的歷史。然而終焉造訪——在極度混亂下發生了虐殺事件。發生了許多起足以令文官們嘔吐反胃的「無意義」慘劇。在那之後也是。少年活生生地被剝去頭皮，類似的事件頻傳。）

只要缺少一個要件，就不會發生眼前的光景吧。然而，全部都發生了。

時光無法倒回，過錯無法償還。結果混血種們捨棄了無辜被害者的立場。為了虐待他人而自稱是弱者的行徑是無法被容許的。然而就算不被容許，他們也會繼續做下去吧。

這正是所謂的【復仇者】，而他們一手造就的就是極度的惡意與漠不關心。

（剝奪者，會被剝奪。）

最終連「人性」都會被剝奪，就是這麼一回事。

就是，這麼，一回事。

伊莉莎白搖曳柔亮黑髮，轉眼望向旁邊。她抬頭仰望拉．克里斯托夫。

要怎麼做呢——伊莉莎白用視線詢問，他重重地點頭。

拉．克里斯托夫莊嚴地展開被縛住的雙臂。

異樣金屬聲鏘鋃響起，粗大鎖鍊掉落地板，滲雜著鮮血的羊水噴濺飛散。

拉．克里斯托夫解開束縛了。他張開交叉的雙臂，曝露出胸口。

大多數聖人在肉體或是精神上，都有著一般而言不可能成立的變貌，拉．克里斯托夫也不例外。他肋骨周圍的肉被削去，肺部之類的臟器也消失了。取而代之的，是骨頭內側裝著用光造出來的小鳥兒們。那是形似雲雀的神聖生物。在【最終決戰】之際，因極度消耗之故而呈現開放狀態的骨頭已經復原。它們回到了籠子的工作崗位上。

既是「養鳥人」，又是「活生生的鳥籠」。

這正是拉．克里斯托夫。

而且，「纖細的養鳥人」會解開鎖鍊，其意義就只有一個。

伊莉莎白用低沉聲音發問。

「意思是你也認為只有這個結論嗎？」

「已經確認完了。寄居在他們腹內的那些存在的魔力量，已經突破常人所能承受的臨界值。肚子膨脹度略小的那些人狀態也差不多。臟器幾乎全滅，心臟也停止跳動，然而……」

「即使如此，肉體卻還活著……感覺──特別是痛覺仍在運作中，是這麼一回事嗎？」

「惡魔追尋痛苦，『惡魔之子』亦是如此……這實在是沒天理，如今他們只能在『生產後死亡』或是『沒生產就死亡』裡面二選一了。既然如此，所謂的慈悲是何物──我要遵從教義自身的信念。」

拉．克里斯托夫流暢地如此斷言，他有些冷血卻又堅定地如此宣告。

「由我給予救贖吧，可悲的人們啊。除了聖人以外，又有誰能負責淨化呢。」

伊莉莎白沒有回應，她不像她作風地想著派不上用場的事情。

（如果瀨名．櫂人在場的話，會變得如何呢？）

他【痛苦的房間】的應對方式是一個很好的例子。他無疑會勃然大怒、氣到發抖地表示「覺得活著的人是什麼啊」，在這個顯然什麼都不覺得的行為面前。然而，他還是會選擇親手給予致命一擊的道路吧。

他會說這不是淨化，而是殺人──這是我應該要背負的事情。

他就是這種人。然而，伊莉莎白並不是「這種人」。她並不拘泥於由誰下手的這種事，反正結果都一樣。等待死亡的人們，就只能一死。

伊莉莎白向後退一步，拉．克里斯托夫點點頭。明明沒有肺部，他卻深深吸入一口氣。拉．克里斯托夫開始詠唱禱詞，聽起來很舒服的厚實聲音響起。

「——吾等聚集，等候於此。」

『——既然如此，就喜樂吧。』

就在此時，另一道聲音疊了上來。伊莉莎白微微瞇起雙眼。

是路易斯的聲音。然而，他並不在大廳這邊。伊莉莎白仰望天花板。無數蜥蜴雕刻將臉龐望向下方，某一隻的眼睛裡安裝了通訊用的魔道具吧。

肉胎們回應來自遠方的呼喚，開始震動起來。肉塊宛如柔軟的麵糰似的，從內側打著波浪。嗤笑聲響起，哭泣聲重疊，雖然扭曲，這些聲音仍然合成了一道旋律。

伊莉莎白領悟了。

（這是……歌曲。）

是祝福的——

喜樂之歌。

是生物最原初的喜悅——誕生的聲音。

「來吧，於御前給予鐵槌制裁！」

『在祝福與愛情之中誕生，呱呱墜地吧！』

拉·克里斯托夫與路易斯的叫喊，分秒不差地疊合。

路易斯的話語既諷刺又褻瀆，然而卻也是真實。混血種們尋求更多的武力，嬰兒們的誕生被他們祝福著，其全身也被愛著。

伊莉莎白是知道的。

（那是多麼扭曲的武器。）

將可恨之人斬首的利刃是惹人愛憐的心頭肉。

如今，世界真的很正確地轉動著。

「『啊——Aa——啊——Ah——Ah·Aaaaaaa啊啊啊啊啊啊啊啊啊啊啊啊！』」

兩人的唱和響起，拉·克里斯托夫的肋骨張開，大量雲雀振翅而飛。

同一時間，肉胎們爆開。啪啪啪啪啪，不如說聽起來還挺悅耳的聲音接連響起。皮膚朝四面八方炸裂，脂肪與血肉的飛沫噴濺四散。已經溶解的內臟噴出，嬰兒將灰色手臂伸至空中，那是醜惡又淒慘的光景。然而，這也是在某人的期望下誕生的生命。

伊莉莎白深刻地領悟。

今天也，真的，很正確地，轉動著的，世界，反正……

打從最初就結束了。

「臭傢伙啊！」

「———嗯？」

就在此時，某種與現場很不搭調的亢奮聲音響起。

伊莉莎白不由得回頭望向後方，宛如火焰般的紅毛跳進她的視野。伊莉莎白瞪大雙眼，

「喝呀啊啊啊啊啊啊啊啊啊啊啊啊啊啊啊啊啊啊啊啊啊啊啊！」

聲音之主不帶迷惘也沒有遲疑地揮出劍。

「你！」

「他」發出裂帛般的吆喝，同時釋出完美的斬擊。有著寬劍身的利刃掠過伊莉莎白的黑髮，狠狠擊上嬰兒的臉龐。悄悄逼近的一隻一邊噴濺羊水，一邊倒在地上。

「那邊的也是！」

「他」用劍背掃開另一隻。嬰兒的腹部遭到毆打，一邊轉圈一邊飛向遠方，啪滋一聲在壁面發出討厭聲響。真內行啊——伊莉莎白點點頭，同時感到佩服。

斬擊對「惡魔之子」是行不通的。

雖是半調子的貨色，這些嬰兒們似乎也承襲了跟雙親一樣的性質。是從【最終決戰】之際，兵刃無效的敵人很多這一點學到的吧。「他」自然而然地將自己的大劍當成打擊武器揮動。第六感很不錯。斬擊也是，雖然沉重，動作倒是挺迅速的。

（不過，「依舊」使用蠻力這一點很顯眼就是了。）

「呼……總之先擊垮了附近的傢伙。」

確認暫時將敵人無力化後，「他」——有著紅毛狼頭的獸人吐出紊亂氣息。

伊莉莎白跟「他」很熟，包括這種戰法在內。是在治安維持部隊中擔任她首席部下的武人，也是跟生前的瀨名櫂人很要好的雄性。

更重要的，他是不應在這裡的人。

「琉特！」

伊莉莎白呼喚應該前往世界樹的部下的名字。

＊＊＊

「啊，您平安無事嗎，伊莉莎白閣下！啊，不，吾等應該稱呼您為隊長閣下才是。不管過多久居然都不習慣這樣……屬下是粗人，失禮了！」

「不，事出突然怎樣稱呼都無謂，但你為何會在這裡？」

「這個嘛，吾等的隊長閣下，喔喔！」

就在琉特打算回應時，他有如野獸般彎下身軀，嬰兒們一起飛撲而來。「小孩子」的好奇心很旺盛，看樣子似乎對他有著強烈的「興趣」。

灰色手臂陸續朝這邊伸出，琉特拚命地用劍刃彈開具有彈性的手。

「可惡！不准圍上來！真卑鄙，一隻一隻上就好了說！」

「唔……」

琉特對明顯不可能進行溝通的對象如此吼道，不愧是跟瀬名權人很合得來的獸人。趁他孤軍奮戰之際，伊莉莎白確認了嬰兒的總數。

中央的那些嬰兒被雲雀燒掉，然而卻也有很多個體免於蒸發的命運。

（真麻煩……這麼一說，拉·克里斯托夫沒事吧？）

伊莉莎白仰望旁邊，拉克里斯托夫毫髮無傷，然而他卻不知為何歪著頭。看起來雖然沒有動搖，琉特的闖入卻讓他的腦袋轉不過來。

事到如今，伊莉莎白終於有了確信。

「你……在充滿危機的狀況下雖然適合擔任指揮官，但對於跟自己有關的事，或是出乎意料的助力果然有些遲鈍不是嗎？不，就是遲鈍吧？是吧？」

「這是聖人共通的弱點，我欠缺一般常識與做反應的案例，所以無法做出明確的比較……然而『拷問姬』熟稔一般常識，所以這個判斷恐怕是正確的吧。」

「不，與其說是熟稔一般常識，應該說是天然呆吧。」

「咕！這些傢伙是怎樣啊！」

嗯？伊莉莎白眨了眨眼。回過神時，琉特已險狀萬分。

有一隻抓住他的劍，啊的張大嘴吃下劍尖。在那瞬間，劍唰唰唰地變成沙子。琉特連忙抽身。

幾乎在同一時間，伊莉莎白彈響手指。

「『帶刺鐵球（Holy Water Sprinkler）』。」

咚的一聲掉下數顆長著荊棘的鐵球。它們用愉快的動作在嬰兒的頭頂來回彈跳。在無數次的撞擊下，就算是嬰兒也在頭部被開出無數洞穴。

大量鮮血構成的噴泉弄濕天花板。鐵球細心地重新輾平倒下去的軀體。在某個瞬間超出極限後，嬰兒們突然崩壞。藍色花瓣與黑暗唰的一聲在羊水與血水上面擴散。

這才是他們的死。

鬆了一口氣後，琉特收回長劍。他確認劍刃部分的損傷。然而，他似乎察覺到伊莉莎白詢問事情的視線。整個人彈了起來後，琉特開始主動說明。

「啊啊，是呢！為何會在這裡嗎……當時分別後，吾等平安無事地與世界樹防衛班會合。然後，告知皇女殿下她們的壞消息後，吾等聽聞亞人之國受到襲擊。聽說伊莉莎白閣下單槍匹馬獨自前往後，我感到坐立難安，所以到處想辦法找尋前往的方式……部下們卻挺身而出制止了我。就在我感到頭痛時，『他』提出邀約，所以我就接受了。」

「──所謂的『他』是指？」

「所以我們決定一起過來救出伊莉莎白閣下！然後，呃，現在問這個雖然有點晚……但這些傢伙是啥東西啊？」

琉特怯生生地夾起尾巴，伊莉莎白瞇起眼睛。

她總算理解琉特言行與平常並無不同的理由了。

（琉特沒看見「母體」的模樣，或是嬰兒誕生的光景。）

伊莉莎白將視線移回大廳。眾「母體」不但「爆開」，而且有很多都被燒掉了。在四分五裂混雜在一起的焦屍面前，不會察覺到它們原本是人類吧。

琉特恐怕是目擊到拉．克里斯托夫的光線後，沒怎麼細想就衝進來了。他至今似乎仍然沒有掌握到狀況，這樣很有他的風格，這樣就好。

這是琉特這種人還用不著知道細節的慘劇。

然而——伊莉莎白皺眉，約他前來的同行者究竟是誰？

（除去伊莎貝拉跟貞德，還有「拷問姬」跟聖人代表以外——實在不覺得有人會想說只靠兩人就去進行救援任務呢。）

伊莉莎白心裡連個底都沒有，感到不可解的她在記憶中翻找線索。

就在此時，現場喀的一聲傳出硬脆聲響，伊莉莎白再次回頭。

弄響尖皮靴的存在現身了，對方發出乾燥的聲音。

「居然沒確認狀況就突擊，實在是不可取呢，琉特閣下。而且居然將我丟在一旁……就算是有著長年交情的種族，說到獸人的血氣方剛，哎呀呀，還是不得不令我感到無言。」

「他」身穿也可以用來擋沙子、網目很粗的長袍，鉤爪跟鱗片在手上面散發光輝。

蜥蜴頭男性神經質地將眼鏡推回原本的位置。亞人的表情變化很難懂，然而卻能從他的臉上清楚看出帶有諷刺意味的笑意。就算是伊莉莎白也感到驚愕。

對方實在是出乎她的意料，甚至到了意外過頭的地步。

「亞古威那？是亞古威那．耶雷法貝雷嗎！」

「叫我亞古威那也行喔，伊莉莎白．雷．法紐閣下。對於叫不慣的人而言，吾等的姓名難以說出口吧，硬是要說的話會咬到舌頭喔。」

亞人高官微微行禮做出回應。他也有負責外交職務，因此會定期前往世界樹露面。這次他也正好出國了吧，所以才倖免於難。

（不過，亞古威那是百分百的純血主義者。）

如果是前往神殿的話還能理解。然而，他沒理由為了救出「拷問姬」跟拉・克里斯托夫而採取行動——如果是至今為止的他。

亞古威那似乎察覺到伊莉莎白的疑惑，他略行柔和地放緩眼角。

「是在驚訝什麼呢？我已經耳聞神殿那邊已經有人去救援了。既然如此，要做的事情就只有一件。的確，原本或許我根本不會當作一回事。我們確實聽到了那番話語——『如今正是吾等的黎明』。」

這是自稱【狂王】的少年曾經高唱過的宣言。

是在前世平白死去的小孩，鼓舞所有種族的話語。

『沒有必要感到羞恥。拿起劍，拿起長槍。我們應該要做的事情就是弒神，是屠魔。就算祈禱也不會得救，即使哭喊也不會有人大發慈悲。既然如此，就只能依靠自己的雙手了。』

『吾等的黎明到來了——』『開始最終決戰吧！』

「太陽升起了——既然如此，就不能讓它落下。」

除了純血主義外，對一切應該都毫無興趣的雄性如此咧嘴一笑。

9 各自的選擇

「壞蜥蜴說：『跟我一起去外面吧。

接下來妳將要被在城堡

遇見的紅心皇后控告。

別在那邊說一些有的沒的。

過來就對了。

接下來得進行審判才行。

今天早上真是累翻了。

要做的事一大堆忙昏頭啦。』

對紅心皇后還有壞蜥蜴說：

『我說你們，這樣很奇怪喔。

明明連陪審團跟法官都沒有。

就算進行判決也是白費工夫。』

『我是法官兼陪審團。』

壞蜥蜴如此說道。

『審理案件由我一手包辦。

好了，請宣判死刑。』

哎呀，父親大人，難得露出了苦澀表情是怎樣了？問我這首怪歌是什麼嗎？才不怪呢，父親大人真沒禮貌！……呵呵，既然如此，可以的。嗯，這首歌是我創作的嗎？不是，雖然是但又完全不對。創作這首歌的時候呀，我模仿了《愛麗絲夢遊仙境》中老鼠發表的詩喔。所以啊，雖然是我想出來的，卻又沒有想呢。

諷刺的歌？或許吧。

開心的歌？我覺得不是喔。

嗯——我這個愛麗絲啊，也只是覺得『等待時間』很無聊才把字句全部亂改一通編出來的歪歌，雖然說不清楚也講不明白……呃，這個嘛。

比起悲傷，應該說是寂寞的歌吧？

法官兼陪審團然後審理案件……我說呀，因為很難所以搞不太清楚的部分，我以前就有好好地查過意思喲，很了不起吧！呵呵……呃——然後啊，是沒人一手包辦所有事情的。

也就是說，蜥蜴是騙子。

騙子是很寂寞的呢。」

＊＊＊

所謂的死，就是無。

然而，並非斷絕。

即使本人死亡，只要世界沒有終結，就會有事物繼續存在下去。

（瀨名．權人死了，即使如此……）

他鮮明地刻下了自己活過的痕跡。

在本人死後，像傷口般的那種痛苦生存方式對意想不到的人產生了影響。

第一人是馬庫雷烏斯．菲力安那。真王偏偏崇拜起偽王。知道瀨名權人那個壯烈人生的細節後，他決心要改變自己消極的人生態度。

第二人是亞人高官，亞古威那．耶雷法貝雷。

他承襲【狂王】遺留下來的話語，趕往現場救援伊莉莎白等人。說起來既然純血主義者繼承了【沙之女王】的血脈，就有義務要把自己放在其他種族前面，為了亞人以外的存在而遇上危險可說是離譜至極。亞古威那的行動是例外中的例外，甚至可以說是禁忌之舉。

即使如此，他看起來似乎毫不迷惘。

亞古威那如今正搖曳長袍，一馬當先地在走廊上奔馳。在最後面負責當肉盾的人，果然還是只能交給琉特負責。然而，亞古威那看起來一點也不害怕遇上新的敵人。

他在一行人的前方大聲說道：

「諸位，快快趕路！特別是琉特閣下，就算你負責當肉盾，但身為保家衛國的武人腳程不會有點太慢嗎？是那根長尾巴礙事了嗎？」

「亞古威那閣下！別的不提偏偏愚弄吾等狼族自豪的尾巴，這話我可不能當作沒聽見……嗯？噢，在不知不覺中前端被咬住了？喂，別這樣，放開，哼！」

「真是的，所以我才這樣說的喔。」

「伊莉莎白，我擔心妳可能忘記了事實，所以再次告知妳吧。我是會走路的，差不多可以請妳別再拖著我了，我開始預測連頭皮都會死光了。」

「你是會走路，但是不會跑吧！這長過頭的頭髮也很不好，該剪掉了！」

現在，伊莉莎白他們變成了一群吵吵鬧鬧的團體。

他們以亞古威那領頭，在前來這裡的道路上向回跑。刻在壁面上的蜥蜴們掠過視野邊緣流曳而過，濕潤的聲音啪噠啪噠地從後方逼近。

嬰兒們出了大廳。

它們移動灰色四肢，朝前方爬行。有幾隻扯斷了勉強跟「母體」連接在一起的臍帶。嬰兒們的動作意外地遲鈍，卻也快得駭人。

它們完全超脫了現實世界的法則。

又有一隻伸出手，試圖抓住琉特的尾巴。琉特全身毛髮倒豎，拚命地加快速度。是覺得那副模樣很有趣嗎，背後的嬰兒們發出嗤笑。

伊莉莎白簡短地發出咂舌聲。

「嘖，居然沒能趁早跟這些傢伙分出勝負，真是麻煩！真想把它們像是蟲子一樣，從前面開始一隻一隻拍死！」

「心情上我贊成，不過這邊得請妳忍耐。連吾等都被活埋的話那可受不了。而且，如果妳能考量到重建費用的話，那就太好了。」

「最後那部分是現在應該要拘泥的事情嗎？」

「聽聞人之地那邊財政吃緊，如今不管是哪裡狀況都差不多呢。」

亞古威那一邊推正眼鏡，一邊灑脫地如此回應。

伊莉莎白再次發出咂舌聲。她原本預定要在大廳內完成將嬰兒們悉數殺光的行動，然而在亞古威那的指正下，眾人只能無奈地選擇逃跑。

以「惡魔之子的孩子」的完全體——極接近高位惡魔本尊的容器——為對手的話就另當別論，那種混雜著人類，為了其他目的而使用的容器，「拷問姬」跟聖人代表輸給它們的可能性等於是零。

即使如此，連伊莉莎白都只能承認不可能繼續戰鬥下去。

理由極為單純明快。

因為建築物已經撐不住了。

＊＊＊

這是亞古威那抵達後發生的事情。

嬰兒們再次開始聚集，它們就某種意義而言可說是天真無邪地伸出像是肉塊工藝品般的灰色手臂。

拉．克里斯托夫瞇起眼睛，雲雀們回應他的反應一齊振翅。拉．克里斯托夫開始詠唱用來進行第二擊的禱詞。就在此時，亞古威那連忙出聲制止。

『請等一下！看看那邊！』

『突然礙事究竟是怎麼了……唔，余了解了。這可不行啊。』

望向他手指比的方向後，伊莉莎白嚴肅地點點頭。一部分的壁面大規模地崩塌，周圍的柱子上也出現巨大的龜裂。在這副危險光景之前，亞古威那繼續說道：

『跟神殿相比，東側離宮並不具備耐久性。特別是這個大廳，建造時絲毫沒考慮過會進行過度激烈的戰鬥行為。連續進行砲擊的話，它會撐不住的。因為大廳上方是【望星塔】……所以離宮可能會因為這裡的崩塌方式不對而整座崩壞。』

『波及到所有地方的話，果然會很頭痛啊……話說回來，在室內使用聖人是自殺行為呢。余大意了。既然如此余就用拷問器具，但如此一來，個體的堅硬度會是問題嗎？』

伊莉莎朝地板瞄了一眼，亞古威那簡短地點頭表示同意。

如今，石板上全是裂痕，簡直像是快破掉的蛋似的。

這是伊莉莎白丟下「帶刺鐵球」，讓它來回彈跳四處滾動的關係。

使用同樣規模的器具，有可能會導致離宮崩塌。話雖如此，就算重複進行半吊子的攻擊也毫無意義。在不對周圍造成損傷，又能打倒多數敵人的前提下，最適合的方法為何呢？

應該先把敵人集中至同一處吧。

「……唔，是有想到幾招，但這裡人數過多。那麼，該怎麼行動呢？」

「喝呀啊啊啊啊啊啊啊啊啊啊啊啊啊啊啊啊啊啊啊！」

伊莉莎白開始思索攻擊方式。

另一方面，琉特繼續回去奮鬥。定睛一看，他再次被嬰兒們團團包圍。雖然努力試著用劍讓它們遠離，卻是效果不彰。不如說很有可能被它們當成活力十足的玩樂道具。亞古威那無視琉特繼續受難的模樣，舉手說道：

「我有一個好主意，如何呢？要不要摻上一腳？」

「好主意是指？不善戰的高官有好主意嗎？」

「嗯，這裡是吾等亞人的主場。因此，吾等占有地利，就是這麼一回事。」

亞古威那得意地推正眼鏡，伊莉莎白發出沉吟靜默不語。

她立刻做出答案。伊莉莎白猛力揪住拉·克里斯托夫的後領。是察覺到她的想法嗎，琉特也有了動作。他用像是暴風般的斬擊擊飛周圍的嬰兒們。至於當事人亞古威那，他沒等待別人回應就逕自邁出步伐。

伊莉莎白轉過身軀。呼喚琉特後，她從亞古威那的身後跟了上去。

「要趕路嘍，琉特！」

「是，我也同行。」

「然後，我的待遇果然還是這樣啊。」

滋滋滋——拉·克里斯托夫乖乖地被拖行。

那張臉龐漸漸浮現死心的表情。

＊＊＊

就這樣，逃亡劇開始了。

然後，如今狀況出現改變。

伊莉莎白衝進玄關大廳。抬起臉龐後，她確認四面八方。

首先映入眼簾的是大樓梯，它可以通往王的滯留空間。另一條通道有如隱藏在它的後方般向前延伸，這邊可以通往側室還有孩子們的生活空間。從左側可以去大餐廳。

只要打開正門，就可以出去外面；只要進行搜索，也能發現傭人使用的通道吧。然而不論選擇哪一條路，嬰兒們都會追過來。伊莉莎白瞇起雙眼。

（使用移動陣的話就能立刻逃走……不過，現在還太近了。愛麗絲掌握著余等的動向，而且如果途中遭到她干涉，那就真的是慘不忍睹了。話說回來，余等是主動過去確認嬰兒們的，所以應該在這邊削除敵方的戰力才是。）

之後被要求賠償的話會很棘手，畢竟亞人很頑固。就在伊莉莎白煩惱時，拉．克里斯托夫舉起單手。他用仰躺的姿勢，就這樣向亞古威那提議。

「逃去外面後再進行砲擊的話，離宮就可以免於受損。相對的前庭會被大範圍地轟飛就是了……不過在這般事態面前，這只是小損害吧。我建議這樣做，如何呢？」

「當然會介意的不是嗎！請不要明知如此卻又試圖拿到口頭約束。」

亞古威那立刻大喝，拉．克里斯托夫略微將下巴傾向脖子那邊，沉默不語。因為是仰躺著的所以不好看出來，但就他本人的立場來說或許是低著頭。

同一時間，嬰兒們進入玄關大廳。伊莉莎白發出咂舌聲。

「嘖，真是在意細微末節的臭傢伙。既然如此，你就提出替代方案啊，替代方案。」

「這是當然的！如果是『這邊』的話，請隨意動手。」

亞古威那動手回應怨言，他讓長鈎爪發出光輝，指向頭頂。

啊啊——伊莉莎白點點頭。正如亞古威那所言，有一個「恰恰好」的替代物。

「原來如此——採用嘍。」

伊莉莎白垂直舉起右臂，咻的一聲橫向移動手指。伊莉莎白劃過虛空，銳風連同這個動作一同掠過頭頂。

有如傷口噴血似的，紅色花瓣飛舞。

亞人側室被禁止自由外出，相對的，離宮內部用了許多令人大飽眼福的裝飾品，玄關大廳也不例外。在挑高的天花板那邊——與神殿的樸實照明不同——精緻的水晶吊燈正散放著光輝。然而，它的造型卻略顯異樣。

總之就是又寬又複雜，全貌看起來像是漂流木的標本。

或是蛇窩內部。

亞人使用柔軟金屬，表現出許多種類的蛇糾纏在一起的模樣。就人類的眼光來看，那是會引發生理性厭惡的圖案，然而就亞人的角度而言就不同了吧。

形形色色的蛇們在嘴裡銜著放入魔法燈火的寶珠。它們以絕妙的平衡感被被鎖鍊吊在數處，大範圍地攀爬在天花板上面。

伊莉莎白的一擊切斷了又細又堅硬的鍊環們。

在最後發出喀滋聲響後，它靜到令人吃驚地墜落。

同時，伊莉莎白等人迅速地朝四面退開。被她用力一扔，拉・克里斯托夫也在地板上滑行。他掛著沉穩表情，描繪出漂亮直線進行移動。

鏘啦啊啊啊啊啊啊啊啊啊啊啊啊啊啊啊啊啊啊啊啊啊，尖銳聲音響起。

水晶吊燈從嬰兒們的頭頂落下，然而，這樣並沒有什麼效果。

只是有彈性的肉略微凹陷罷了。然而，就像被巨掌壓住般，嬰兒們在一瞬間停止了動作。特別是外圍的傢伙，它們被卡在互相纏繞的蛇們的縫隙之中。

這樣就足夠了。

「——結束了吧。」

伊莉莎白咚的一聲，用靴尖敲擊地板。

轟隆——嬰兒們隨即跟水晶吊燈一同被天花板與地板夾扁。

正確地說，是被上下彈出的巨大石板夾扁。在兩片圓石板中央處插著一根像是音樂盒手搖握把的金色棒子。

伊莉莎白高聲說道：

「久違地登台亮相嘍！『轢碎車輪（The Wheel of Death）』！盡情地磨殺吧！」

以這句話為信號，棒子開始自動上下移動。石板發出不祥聲音，各自朝反方向旋轉。首先，水晶吊燈發出悲鳴般的壓輾聲碎裂。嬰兒們也同樣被磨削，然而那副模樣與其說在削肉，更像是在磨擦石頭。

嬰兒們甚至沒發出慘叫，它們只是天真無邪地發出呀呀的煩燥聲。

石板與石板之間有無數手掌蠕動著。灰色手臂們蠢動的模樣，令人聯想到即將被壓扁的毛毛蟲。有一隻頭部被扯碎，它在石板中間滾動，撞到另一隻後停了下來。擁有異樣黏稠度的血肉混合物垂流至地板。

嬰兒們的頭部漸漸變平坦，噗咻聲響傳出，眼球跳了出來。

那是駭人又滑稽的光景，然而，最終幕卻唐突而至。

嬰兒們的耐久力終於超過負荷，蒼藍花瓣與黑暗唰的一聲四散。石板跟石板咚的一聲重疊在一起，之後只留下靜寂。

「唔，結局掃興又索然無味呢，果然思考能力低落嗎？」

點點頭後，伊莉莎白彈響手指。

「輾碎車輪」化為花瓣，紅與藍，還有黑轟然散去。它們產生美麗又色彩複雜的暴風，然後消失。慘劇的痕跡幾乎都不見了，只有平坦的金屬碎片大量撞擊地板。

定睛一看，那是被壓扁的水晶吊燈殘骸。在異樣又跟平常一樣的光景盡頭處——

就這樣，嬰兒們變得一隻不剩。

＊＊＊

「真是的……平安無事地一網打盡了呢。差點以為要沒尾巴了。」

琉特撫胸說道。他將無力下垂著的耳朵豎直得跟平常一樣。然而，被扯得毛毛燥燥的尾巴並未復原，看到這一幕後，琉特又垂下耳朵。

「嗚嗚，不曉得這些傢伙是何方神聖。不過，我有察覺到它們很像惡魔侍從兵，總之就是異樣的存在喔。這下子總算可以專心逃出去了。」

「正是如此，必須比追趕白兔還要緊急才行……唔，嗯？哎呀呀，拉．克里斯托夫閣下，您身為聖人頭髮居然如此淒慘，立於高位者這樣可不行喔。這樣無法為人民做表率，恕我僭越，由在下替您梳好吧。」

拉．克里斯托夫自行站了起來。然而，他的頭髮卻遭受「拷問姬」不合理的對待而亂七八糟。傻眼地如此笑道後，亞古威那繞到寬廣的背部那邊。

亞古威那用鉤爪代替梳子，開始替拉．克里斯托夫梳頭髮。他意外地有著喜歡照顧人的一面。琉特心頭暖烘烘地旁觀兩人的模樣，一邊將大劍收回鞘內。

伊莉莎白也不由得微微放緩唇角。

在那瞬間，致命性的不自然感襲向她。

（為何余打算要笑？）

伊莉莎白感到困惑。「拷問姬」浮現微笑原本就是一件很奇怪的事。然而，如今卻有一個比這個前提還要大的問題。在這個現況下不應該浮現微笑，她內心的聲音如此示警。為了整理思緒，伊莉莎白閉上眼皮。

隨即，伊莉莎白產生某人將她的肩膀抱過去的錯覺。男人裹著白手套的手指，有如愛撫般妖異地爬在肌膚上。美貌的養父將唇瓣湊至伊莉莎白耳畔。

『妳是從何時變得這麼遲鈍的？』

「——唔！」

聲音中帶有嘲笑之意。實際上弗拉德並不在場，他依舊被監禁在王都的地下陵墓。剛剛只是伊莉莎白自己在嘲弄自身愚昧的聲音。

她開始高速搜查記憶，試圖找出差異感的源頭。不久後，黑暗中浮現出愛麗絲的身影。帽子的白色蝴蝶結輕盈地搖曳著，少女口吐意義不明的話語。

『深深地（Down），深深地（Down），深深地（Down），愛麗絲掉進了大洞穴的底部（Alice went down a big hole）。明明沒在追趕白兔的說。其前方是【仙境（Wonder Land）】。妳看，是一個很單純的故事吧？』

『愛麗絲，我應該忠告過好幾次才是。妳口中的【愛麗絲夢遊仙境】、【愛麗絲鏡中奇遇】，對這世界的人是講不通的。』

接著，路易斯用告誡的語調低喃。伊莉莎白再次確認某個事實。

【轉生者】少女編織出的「愛麗絲夢遊仙境」跟「愛麗絲鏡中奇遇」，這世界的人們是不知道這兩個故事的。然而，如今某人卻說出令人覺得與這些故事有關的一段話。

「……『必須比追趕白兔還要緊急才行』。」

伊莉莎白喃喃低語。同時，壯大沙漠浮現在她的腦海中。

亞人之國有金色沙子與嚴峻烈風，炙熱白晝與寒冷黑夜，會燃燒的液體，以及從「龍之墓場」大量開採出來的礦物——而且，是由高聳岩壁構成的。

白兔絕對不是存在於生活周遭的事物。

然而，亞古威那為何自然而然地脫口說出「比追趕白兔還要緊急」呢？

如今回想起來，還有其他可疑之處。

因為出國而逃過一劫，從他平時的行動中思考，這是很合理的事情。

（然而——「已經耳聞神殿那邊已經有人去救援了」是怎麼一回事？）

貞德跟伊莎貝拉已經返回世界樹了嗎？但從兩人火速趕到轉移地，確認完包含第二級居民在內的所有人平安無事，對琉特提出邀約一直到抵達離宮為止，時間上太快了。話說回來，貞德料想自己會趕不上脫逃行動，所以告知余自行逃跑。

教會救援戲碼結束，伊莉莎白不是進入王宮而是進入離宮，這兩件事亞古威那是從何處得知的？白兔這個字彙，是從何人口中聽見的呢？

在「令人感動的登場」面前，誰也沒有察覺到這個疑問。

「亞古威那……亞古威那．耶雷法貝雷多！」

伊莉莎白省略疑問句，呼喊這個名字。亞人高官緩緩抬起臉龐。

在那瞬間，她領悟到各式各樣的事。

不得不有所領悟。

在擁有細小瞳孔的雙目中，平時那道帶有嘲諷意味的光輝消失了。金色眼球浮現出有如清澈湖畔般的靜謐。既認真又有些悲傷，然而卻又奇妙地很銳利。

他的眼眸居高臨下地悲憫著萬物。

同時直視自己是罪人的事實。

黑色輕輕撫過亞古威那的臉頰。站在他前方的人物一邊搖曳長髮，一邊崩落倒下。伊莉莎白瞪大雙眼，然而，她並不感到特別驚愕或是憤怒。

面對沒天理的狀況，她甚至不可思議地感到自己可以接受這件事。

他，是這樣子的嗎？

（既然如此，就會變成這樣吧。）

在倒下去的人物——拉．克里斯托夫背上。

插著一把握柄裝飾著鱗片、散放出光輝的短劍。

＊＊＊

「啥？」

首先，琉特發出了傻氣的聲音。伊莉莎白跟亞古威那無言地四目相對。

拉．克里斯托夫仍然一動也不動地倒伏在地，可以從那頭黑髮的空隙中看見微微張開的嘴唇。他無聲地不斷吐血，紅色黏稠且無力地流出，垂流至地板上。

伊莉莎白確認插在拉．克里斯托夫背上的刀刃。在刀柄附近塗著紫色液體。她查閱腦海裡的【最終決戰】戰鬥紀錄，搜索它的真面目。

（是包圍惡魔御柱，跟侍從兵戰鬥時的事。三種族聯合軍先發制人，射出了毒箭。）

射出去的不是普通毒箭，而是使用「侍從兵之毒」的物品。是治療師們分析侍從兵的屍骸，並且加以重現後，再由瀨名櫂人注入魔力的一品。就算是聖人也不可能解毒。

在戰後，強力猛毒被安置於獸人的管理下。就算在立場可以自由進出世界樹，亞人種也很難把它弄到手吧。伊莉莎白沒詢問這一切前提地低喃。

「還真是周道啊。」

「因為在這種局面下，絕對不允許失敗。」

亞古威那宛如理所當然般回應，琉特吃驚地張大嘴巴。他來回望著拉．克里斯托夫跟亞古威那。不久後，琉特將視線固定短劍的握柄上。

他似乎總算是掌握到事態了，琉特喀嘰一聲咬住牙齒。

「這是……為什麼？」

「所謂的為什麼是指？要從哪邊開始說起呢？」

「為何──墮落了？」

對答曖昧的令人感到愕然。特別是琉特的提問，曖昧到完全不會覺得那是出自武人之口的地步。然而，卻也宛如利針般直指本質。

所有疑問盡收一句話語之中。然而，亞古威那並未做出回應。

瞬間，琉特動了手臂。他一口氣拔出收納在鞘內的大劍。琉特有如火焰般豎起紅毛，眼眸中寄宿著強烈的憎惡與憤怒，以及懊悔。

伊莉莎白進行回想。在避開終焉的歡慶氣氛中，唯有琉特一人獨自後悔著。他對自身的健忘與無力深深感到羞恥。琉特發過誓，再也不要失去事物吧。然而，即使在危機應該遠去的時光之中，他應該要保護的人們仍是死去了。

如今，這種狀況也在眼前重複上演。

拉．克里斯托夫沒有呼吸。不應該崩塌的人之地的一角潰散了。

琉特宛如雷鳴般吼叫。

「墮落至此嗎，墮落至此嗎啊啊啊啊啊啊啊啊啊啊啊啊啊啊啊啊啊啊！」

「閣下有——小孩嗎？」

「啥？」

琉特不由自主停下衝出去的腳，就算丟出沒頭沒尾的問題，亞古威那也沒有趁隙偷襲。

他用像是在閒聊的感覺繼續說道：

「不，我只是想說閣下是有名的愛妻之人，所以一定有活潑的小孩。」

「呃，不，我與妻子之間，還沒……」

「噢，這麼一說，夫人是山羊族呢。記得種族分類不同的話，會很難有小孩嗎……我這下真是失禮了，祝兩位能夠早生貴子。」

「你少鬼扯！」

「亞人種也是呢，很難產下後代喔。」

亞古威那有如要制止怒吼聲般疊上話語。

琉特咬牙切齒，再次失去踏出步伐的機會。亞古威那淡淡地述說。

「與【森之三王】大人不同，吾等的【沙之女王】陛下的貴軀只有一具……在亞人種內，並不存在細微的種族差異。明明是這樣……真是的，在不知不覺間就『變成這樣了』呢。終焉近在眼前的那天，我也稟報過【狂王】。」

亞古威那將視線投向遠方，他露出的表情就像是在懷念百年前的昔日。

這可真是奇怪——伊莉莎白如此心想。終焉遠去，愚鈍少年用自我犧牲擊退了末日，現在本來應該是每個人都在高歌天下太平的狀況才對。

然而這是為什麼呢，不論是誰，臉上流露的表情都在戀慕著遙遠又令人懷念的時光。

用這樣的表情……

回想那個地獄般的日子。

問題的答案早已浮現，伊莉莎白再次重複它。

（正確的「救世」究竟是什麼呢？）

「『與【森之三王】不同，吾等的女王安息已久。人口逐漸下滑的種族憂慮，外人是不會明白的。』——事情就是如此。」

「這是怎麼一回事？」

「都說了，就是這麼一回事。」

「不是『只有這樣』吧？」

「『只有這樣』是指哪樣？」

琉特詢問，亞古威那回應，兩人視線交錯。亞古威那緩緩展開雙臂，他用難以想像才剛殺掉聖人的沉著態度述說。

「如今已經亡故的獸人第一皇女，法麗西莎．烏拉．荷斯托拉斯特殿下也有料到此事。『亞人、獸人的合計數量不敵人類，既然侍從兵的攻擊對象是三種族全體，可以預料在惡魔的威脅去除後，即使加算被害規模，人類與其他種族的國力差距還是會繼續擴大。』是啊，早就失去顛覆差距的機會了。再加上亞人種這邊，發生了皇女沒料想到的狀況。」

「……是『第三區域的【虐殺】，以及第一、第二區域的遇襲』嗎？」

「沒錯，雖然藉由【狂王】之手制止了致命性的波及就是了，特別是多數婦孺的死亡造成很大的打擊——不過今後如果有相同規模的災厄降臨，就長遠而論純血種將會走上滅亡的道路吧。」

「你是說這次的狀況就相當於這個嗎？然而，說教會那邊已經動手進行保護的人就是你自己不是嗎？災厄被制止了——不是這樣子的嗎？」

伊莉莎白如此詢問，然而她卻微微察覺到一事。

有什麼事情看漏了，就是除了亞人種以外的人不曉得的某件事。

「純血區的防禦不全，原本就長年受到批評，法麗西莎殿下也屢次提及此事。她表示：『純血區的防禦是以【來自上方的入侵者】與【防止混血發生】這兩個前提去特化的，並未考慮過來自【空中】的攻擊。』然而，為了修正而撤除區域劃分也很嚴苛……因此，吾等早在【終焉】發生的很久以前就設置了『後備』。」

「……『後備』？」

伊莉莎白彈起單眉，琉特也露出像是在說自己難以理解的表情。

伊莉莎白忽然浮現一個想法，人類的「教會」裡也產生了扭曲。執著於某事，並且妄信著的人們，在不久後做出了其他人根本想不到的結論。

「教會」吹響了終焉的號角。既然如此，亞人種決定了什麼事呢？

「吾等聚集了對於維持純血有著堅定意志的人們，在龍種墳場設置了村莊。這個分散的目的是為了避免純血區如果有什麼萬一——而這次的叛賊們控制了那邊。」

「什……居然有這種村莊，我可是初次耳聞！」

「這是當然的。因為獸人與吾等雖然有著長年友好的關係，我方卻完全沒告知此事。」

亞古威那淡淡地回應琉特的驚愕。既然如此，人類不知道也是理所當然的事情吧。『人類具有排他性，是沒有自覺的選民主義者』——其他種族是如此評價的，所以當然不可能告訴人類。

「然而，為何那邊會被混血種曉得呢？後備被控制可說是滑稽至極。」

「村莊在龍種骨頭之間。由於侍從兵們集中在人口更多的城鎮，因此『終焉』那時也沒發生大事。然而那些傢伙卻用上數十年的光陰，調查了物資補給隊的路線。混血種對吾等的執著與怨恨就是如此之深。」

伊莉莎白點點頭。亞人是純血主義，他們的態度對混血種來說就只是憎恨的對象。而且，他們具有觀察力跟執念。只要察覺到亞人領地內一部分物流的可疑之處，以及特定商隊原本預定中所沒有的路線，之後就是一場比毅力的勝負了。

就這樣，村莊被始料未及的最惡劣敵人發現了。

「他們被全部殺掉的話，就會很難維持純血了吧。不……歷經『終焉』的現在，世界的危險度本身已經有了改變。不可能維持下去的可能性很高。以村莊的安全當擋箭牌要求背叛時，我立刻就同意了。只是這樣就能了事的話，代價很便宜。」

不論是要殺誰，不管是毀掉何物都一樣，亞古威那如此斷言。

琉特握住劍柄的手微微一顫。

「你……你要抬頭挺胸地說出這種任性的道理嗎？要胡扯以此為傲嗎？」

「當然。不論是要悲嘆、誇耀、哭泣、或是嗤笑都一樣。我要做的事情不會有所改變。既然如此，就應該堂堂正正地去做吧──那麼，琉特閣下，回到最初的話題吧。」

「什麼啊，事到如今，沒有應該要跟你說的話！」

亞古威那的話語跟「拷問姬」過去的言論很相似。對成為犧牲品而死去之人來說，這些都是一樣的。然而，這種沒天理的情況卻值得多數人為此憤怒。琉特舉起劍，然而亞古威那卻單方面地如此告知。

「我兒子的家庭也在村莊裡喔。」

琉特明顯地搖了，他是愛家的男人。

琉特應該會自然而然地如此思考。如果自己最愛的妻子被當成人質，而且那個選擇又對自身種族的信念有幫助的話──沒有理由拒絕。

（從亞人的角度來看，亞古威那的選擇是「正確之物」。）

即使如此，伊莉莎白依舊開了口。

「想問兩件事。為何你們這麼拘泥於純血？另一件事就是……你是打算要幫到混血種掌握世界霸權為止嗎？」

人口逐漸減少的種族憂慮難以理解，亞人種如此重複。然而，至少對亞古威那而言，這並不是如此模糊不清的理念。他看起來有著確切的理由。而且話語的後半段是對背叛世界之人理所當然的疑問。混血種的目標是「世界的變革」。

是只要敵人大發慈悲，放亞人一條生路就行的意思嗎？

面對提問，亞古威那輕輕嘆了一口氣。他豎起兩根散發著鈎爪光輝的手指。

「很遺憾，兩個問題都能用一句簡潔的話語回答。」

「是怎樣的話語，說看看啊。」

「『混血種虐殺』。」

「唔——！」

這的確是簡潔的答案，早在許久之前就已經有了結論。開始跟結束，一切都與一個愚昧行為有關。人類引發了某個悲劇。與他們之間的勢力差距之後只會不斷擴大。既然如此，由混血種進行支配，或是由人類進行支配，哪一方會好一些呢？

選擇就是這兩個。

而且，人類早就不值得信賴。其他兩個種族做出了這個結論。

在跨越「終焉」的世界上半睡半醒的——恐怕只有人類。

＊＊＊

「吾等對混血並不寬容。同時，比你們更加同情與悲觀。人類原本就數量眾多，混血的情況愈多，吾等就愈會被吞沒吧。而且，連國土都失去後，吾等的子嗣不可能幸福地棲息。

文化遭到驅逐，資產被侵吞，混雜之物被貶為貧民。就是這麼一回事。保護純血與維持種族尊嚴有關——不，沒有其他方式。我是這樣想的。」

亞古威那淡淡地述說自己拘泥於純血的理由。被流暢言論吞噬，琉特無法辯駁。不久後，耿直的獸人開了口。

「可、可是，只要種族混合到那個程度，就能公布新法律。到時候不論是人類或亞人、還是獸人，都已經沒有關係了……」

「這個嘛，要高唱真正的和平與平等，不曉得是多久以後的話題了吧。琉特閣下，吾等應該不是處於可以聊白日夢的狀況。答案早就已經顯示出來了。」

的確，正是如此。結論已無可動搖。人類吹響終焉的號角，實行混血種的虐殺。如今的反叛，其導火線也是人類做出的極惡行為。亞古威那再次告知。

「閣下是伊莉莎白閣下的部下，因此才被蒙在鼓裡就是了。就連那個『賢狼』，第二皇女薇雅媞殿下都不信任人類。現在是復興的時刻，如果撒下火種就有可能會燒光一切，因此大家都閉口不談，僅此而已。對終焉的犧牲向人類進行求償一事，雙方已經互相試探討論，並且訂下長遠之計了。」

「……什！」

琉特驚愕地瞪大雙眼。他腳步不穩，然而，伊莉莎白並不感到特別意外。同時，她也是知道的。

這三年之所以一直很安穩，是因為亞人與獸人還有其他理由無法對人類擺出強硬的態度。

琉特有如吼叫般說出那個理由。

「可是，保護這個世界的人可是瀨名．櫂人閣下喔！」

「沒錯──你們什麼也沒做就是了。」

伊莉莎白低沉地疊上這句話。琉特身軀倏然一震，亞古威那瞇起眼睛。他小幅度地不斷移動眼球，種族付出犧牲卻受到粗暴言論對待，這讓他歪頭露出困惑表情。

「失禮了？可以再說一次嗎？」

「你的意思是直到『終焉』來臨前，直到【狂王】行動前──你們這些傢伙有做些什麼嗎？」

這個世界的每個角落都散布著滅亡的種子。大多數人都事不關己地忽視它，將種種危機硬塞給醜惡的罪人，其結果便是如此。

就最終結果而論，【狂王】沒能拯救所有的悲劇，然而他卻擋下了終結。

而且，雖然是異世界之人──

他也只是一個渺小的人類。

「是啊，沒錯。責任問題云云，對余來說怎樣都行，你們就隨便去決定吧。余早也了解人類的信用價值早已墜地。在這個前提上，就讓余說句話吧。什麼悲劇，什麼歧視，什麼虐殺！這種事，對余來說全部都無所謂！」

「呃，什麼？伊莉莎白閣下？」

琉特用跟至今為止不一樣的另一種表情瞪大雙眼。畢竟自己的長官將複雜地糾結在一起的所有因果，用豪速球扔了出去。他沒想到會被斷定為無所謂的事情吧。然而，伊莉莎白並不打算引以為恥。

（要拯救或是破壞世界，全是一己之私。）

要相信誰，懷疑誰，憎恨誰，喜愛誰，全是個人的判斷與情感。

在它們層層堆疊的累積下，世界終焉成形了。

問題是，要由誰來肩負那個未來？

不肩負的人要表示些什麼呢？

「的確，有悲劇也有絕望。余不會說要眾人手牽手，說要大家互相理解。甚至不會乞求原諒。沒有謝罪的餘地。然而，不惜堆疊新的悲劇，也要恐懼尚未揮向自己的利刃嗎？要捨棄人類，背叛一切，向叛賊獻媚試圖活下來嗎？覺得余會容許這種事嗎？少開玩笑了——是啊，一樣的。你們跟人類根本是一樣的，真的活得很骯髒。」

伊莉莎白凶惡地露出牙齒。曾經有一部分的人類害怕死亡，因此犯下凶惡罪行。如今也是一樣。亞人種將「混血種虐殺」當成「免死金牌」，藉此高歌自身立場的正當性。

全都都一樣，什麼正義，早在許久以前便失落了。

「被相信一切的人幫助，被相信的人保護，在那傢伙沉眠的世界裡苟活著……還在那邊悠哉地放什麼狗屁？不懂，余完全不懂喔！」

伊莉莎白如此嗤笑。人類跟亞人都不明白，那個少年知道生者的醜惡，理解就算在異世界一切也沒有改變。即使如此，世界依然美麗，因為有重要之人活著。所以，要加以保護喔——一名少年如此誇下豪語。

直到自己的生命盡頭都微笑著，想消除那抹微笑的意義嗎？

為何要捨棄被守護的立場呢？

「每個人都一樣，當然，余也是。宛如豬玀，醜惡無比。人類跟亞人還有獸人跟混血種都一樣——不是看向個人，而是著眼於集團的話，任何種族都不值得信賴。即使如此——」

即使如此？

伊莉莎白忽然中斷話語，可以說即使如此接下來又要怎麼做嗎？

明明連什麼才是正確的救世都不曉得的說。然而，在沉默降臨的現場之中，話語被接了下去。

「即使如此——我仍然相信。就算是現在也要相信。『神自居於天，世間太平』。」

「咦？」

「啥？」

「嗯？」

伊莉莎白跟琉特，甚至連亞古威那都做出了傻氣的反應。

所有人一齊轉頭，在他們的視線前方。

背上仍然插著刀的「屍體」突然起身了。

10

聖人的宣言

差不多該走了吧？

沒必要比追趕白兔還要緊急。不過，也別像是毛毛蟲般繼續坐著了。

看來一切都按照我的指示進行著，此時亞古威那完成他的任務了吧。

無法跟身為世界異端兒卻毫不自知的兩人「互相理解」真的極為遺憾。既然談判破裂，就必須削除敵對戰力。然而，要亞古威那趁「拷問姬」不備出手偷襲是不可能的。既然如此，如果是聖人的話……怎麼了愛麗絲？妳說我臉色很差嗎？

的確，我心情不佳。至今我仍然苦惱著，其實我也明白。

復仇會衍生出復仇，絕望會不斷連鎖。連沒有直接在虐殺中摻上一腳的人們都一律要求贖罪很不講理吧，吾等的反叛會創造出新的悲劇與被害者。

做這種事情有什麼用？有誰會開心？不過，這樣就夠了。

真正的地獄就在這片頭蓋骨的內側。避開終焉後，火焰在我體內不停燃燒著。不論是下雨或是被淚水弄濕，火都沒有熄滅。既然如此，就只能反其道而行火上加油了。

燃燒，燃燒，燒成熊熊大火，直到火焰讓一切回歸為灰燼。

當憎恨與憤怒還有悲傷都消失時，終究會剩下一片可以安穩入眠的地方吧。

在那邊，任何人都用不著再哭泣了。不過相對的，笑聲也會斷絕吧。

果然這樣就行了。在那場慘劇之後，生者依舊笑著的現狀才是扭曲的。大家早就已經悠哉地活夠本了。贖罪的時間是必要的，不這樣的話，我是不會容許的。同胞們也不會認可，死者們也不會點頭同意。然而，即使如此，我仍會不時如此心想。

如果神更加大慈大悲就好了。

如此一來，或許還會有其他道路可選。

如果，有的話——

即使如此，我一定還是會選擇同樣的道路吧。

我是明白的喔，這是一件蠢事。

就只是無可救藥的，愚蠢。

僅是如此而已。

僅此而已。

＊＊＊

「首先，希望各位放心。諸位對『我死亡了』的判斷無誤。現狀的我，已經脫離了包含活人在內的範疇了，可以充分地稱之為死者。」

「現在是應該先表達關心之意的時候嗎！而且等一下，死掉了卻還能動……不，行了，余理解了。你本來就是連心臟跟肺部都沒有。」

拉．克里斯托夫古板的話語令伊莉莎白壓住額頭。

「纖細的養鳥人」本來就沒有人類不可或缺的臟器。拉．克里斯托夫這個聖人，存在於生與死的邊界上。就算毒液行遍全身，講講話這種程度的事也還是有可能的吧。

然而——伊莉莎白拉回視線。確認插著利刃的身體後，她搖了搖頭。

「……大概還有多久會崩潰？」

「難以斷言，我不是治療師……不，對治療師而言，在自身生命潰散的那個時間點上，就已經無法進行診斷了嗎……唔，總之壞死急速進行中，腐敗與崩壞一旦遍及全身，就連說話的嘴唇都會溶解掉落吧。我馬上就會連『會說話的屍體』都不是，化為肉屑之山。」

「嗚……這、這是，身體……怎麼，一回事？」

「我明白這樣很醜惡，獸人士兵啊。如今的我一定是慘不忍睹吧。然而，希望你盡可能不要害怕，因為神賜予我的這副軀體是我的驕傲。」

拉・克里斯托夫的慘狀讓琉特發出呻吟。聖人淡淡地回應。他的臉頰開始滋滋滋地朝內側凹陷，可以從扭曲的洞穴中窺見牙根跟齒列。連眼球都從角落開始變得混濁。

正如伊莉莎白所料，他正變成一具「腐爛屍體」。毒液正漸漸溶去人肉。就算不會受到臟器損傷的影響，器皿一旦壞掉存在也就告終。

化身為醜惡存在，卻還是可以行動的模樣，要說這是「神之護佑」的話實在過於殘忍，這已經近乎是詛咒了。

即使如此，琉特仍然慌張地擺出敬禮的姿勢。

「失敬了！在您這位聖人代表臨終前還能與其交談，我感到很光榮……如果可以的話，請務必原諒我沒能守護閣下的致命性失態。」

「關於此點，你無須掛懷。我有了破綻，不，是有太多破綻。就只是這樣而已。願閣下一生幸福，與神的引導同在。」

「哎呀呀，真令人驚訝……想不到，居然不像人到這種地步。」

琉特向死者表示敬意，拉・克里斯托夫報以感謝之意。另一方面，亞古威那卻是愕然地低喃。是無意識下做出的動作嗎，他不斷推回根本沒有歪掉的眼鏡。

「雖然掌握了你的變形程度，但我還是太天真大意了。」

「不，亞古威那・耶雷法貝雷多。計畫可以說是成功了。我已經是一具腐爛的屍體，不用因失敗而內疚。是吧？這樣你應該滿足了才對……『吾友』啊。」

拉．克里斯托夫將張力十足的聲音投至亞古威那身後。

伊莉莎白瞇起眼睛。在她的視線前方，蒼藍花瓣與黑暗飛舞四散。雙色兜著圈子捲起旋渦，壓縮成球狀。啪的一聲，它有如紙花彩球般愉快地炸開。

在那後面，站著一副藍色束縛風洋裝打扮的少女，還有黑衣男子。

是「異世界拷問姬」愛麗絲．卡羅，以及混血種叛逆者路易斯。

不知為何，愛麗絲不開心地鼓著雙頰。她目不轉睛地瞪視伊莉莎白。路易斯將欠缺情感的視線注向拉．克里斯托夫，他對被死亡捕捉的聖人低喃。

「也應該告知當事者吧……這一切都是我的奸計。然而，真的是萬分遺憾又無可奈何，拉．克里斯托夫。我很期待我們能夠變得親密，這個意願是真心的。然而，你選擇跟伊莉莎白一同逃走，並且殺害了嬰兒們。考量到聖人的本質，這是有可能的決裂吧。然而……是啊。我仍有一事感到無法理解。」

「是何事呢？」

「是代價的事。關於足以令你背叛一切，毀滅世界的謝禮。終結之日總有一天必定會到來，你說自己有在那之前想要得到手的東西。」

伊莉莎白微微點頭。果然拉．克里斯托夫也有被告知代價一事。

在對話之際，甜美的腐臭氣息也不斷增強。拉．克里斯托夫指尖的肉塊濕滑地剝落，然而不可思議的是，兩人看起來並不著急。路易斯真摯地如此提問。

「──你究竟打算說自己想要什麼呢？希望能在完全腐爛前告訴我。」

「星星。」

「啥？」

「我打算向你討一顆星星。」

不只是路易斯，連伊莉莎白跟琉特，還有亞古威那都露出傻氣的表情。

那是不可能，而且又脫離現實的要求，不是作為背叛一切毀滅世界的代價來索求的事物。而且，感覺也不像是聖人想要的東西。簡直就像是小孩子的夢似的。

面對他們的驚愕，拉．克里斯托夫沒特別做出反應。聖人只是很沉穩地繼續說道：

「被你問到我想要什麼東西時，被列舉為聖人前的一部分記憶忽然復甦。在某一晚，我在迴廊上望向上空。我不知道季節，前後狀況不明，只是有宛如繪畫般的片段翻過。一片無雲的夜空中，散布著漂亮的星星。想試著伸手摘下一顆，稚氣時期的我是這樣想的。」

「……聽起來像是極其無聊的事情呢。」

「真的是這樣嗎？在那之前，我在人生中從未渴望過任何事物，甚至到了懷疑自己真的是人嗎的地步。然而，我也會懷抱著像是心願的事物呢。」

拉．克里斯托夫有如事不關己似的述說。他眨了眼睛，柔軟膨脹的肉在上下眨動的瞬間，左眼球濕滑地掉落了。拉．克里斯托夫就這樣有些稚氣地詢問。

「如何呢？『吾友』啊——這個心願你可以實現嗎？」

不可能實現。

就算被這樣要求，說到底這都是不可能的事情。路易斯保持沉默，拉．克里斯托夫曝露出空洞眼孔，浮現微笑。這次他用像是大人在對小孩講道理的口氣述說。

「吾等很愚昧，人會利欲薰心，被恐懼迷惑，害怕死亡，錯失神明，忘記祈禱，為了自己而犯下罪行。然而，同時也會浮想要星星這種膚淺的念頭。就是這樣。會將模糊又曖昧的美麗事物視為美麗，夢想著某物——連它的土壤你都要否定，將其歸為虛無？要在還不是罪人的人們身上套上枷鎖？」

「可以請你別說話了嗎，已經夠了。吾等無法互法理解，我已經近乎完美地明白了這一點。沒必要繼續震動快腐爛掉落的喉嚨說話了，你應該連呼吸都很困難了才是。」

「我的痛楚不算什麼……連無罪之人都視為旁觀者裁罰，你真的有思考過這個意義嗎？連稚子眺望天空作白日夢的日子都會消失的沉重，你有承受過嗎？」

「都說已經夠了！」

「『你真的可以滿足嗎』，吾友啊？被我——拉．克里斯托夫喚為『友人』之人啊。」

這道聲音中沒有責難之意，漸漸腐朽的聖者認真地給予忠告。在復仇這種飢渴念頭的盡頭，得到滿足的日子是不會到來的，畢竟等待著的只有地獄。

實在天真——伊莉莎白如此心想。同時，路易斯立刻回答。

「我也是還活著的屍體，所以不求滿足。不過，我也不能就這樣死去。完畢。」

不論怎麼掙扎都不會有救贖，路易斯如此肯定。這個答案跟伊莉莎白料想的一樣。他的復仇是原諒遭到背叛後的選擇。路易斯憎恨世界，決定要將它破壞。既然如此，在明白傷口不會癒合的前提上，他唯有戰鬥一途。

就算他或是任何一人都不會得到救贖也一樣。

【復仇者】這個字彙讓拉·克里斯托夫搖了搖頭。

「既然如此，我就只能如此宣告。【你會得救的】，就算是為了所有罪人。」

拉·克里斯托夫輕輕移動手臂，那隻手從手掌到手腕處的骨頭已經裸露而出。他一邊顫抖，一邊使用被肉片殘滓弄髒的白色撐起自己的上半身。

雲雀們在肋骨內亂動。是察覺到擁有者的死亡嗎，它們激烈地振著翅。與其相反，拉·克里斯托夫緩緩編織話語。聽到那句話後，雲雀們停止動作。

「【——吾等，聚集，等候於此。】」

「——父親大人！」

愛麗絲用緊繃聲線催促路易斯下達指示，拉·克里斯托夫繼續吟唱禱詞。

「【拜伏於，御前，至今，不曾祈求。】」

（……這是？）

伊莉莎白不由得感到一股寒氣。拉·克里斯托夫的禱詞將自身意志傳達給神聖生物——

其末梢是呈現連接狀態的「神」——的信號。話語本身並沒有嚴格的規定。

他會配合狀況加上細微調整。然而，這次的禱詞卻明確地全然不同。拉・克里斯托夫長長、長長地投出訴求。

「【請聽我的祈求。我將讚美的犧牲品與祈禱奉獻給您。我下跪，五體投地，向您懇求。願尊貴無上的您對予乞求寬恕的所有人大發慈悲。】」

（這是——【獻祭羔羊的話語】。）

伊莉莎白如此領悟，這是聖人臨終之際向神之御所發出的最後祈禱。

同時也是臨死前的慘叫。

與「神」的聯結配合聲音，逐漸超越肉體所能承受的閾值。雲雀們溶化，有如蜂蜜般芬芳地混合在一起，其表面有金色光澤。液體從肋骨溢出，流入變脆弱的血管內。神聖生物入侵拉・克里斯托夫的全身，漸漸填滿他。

駭人又神聖的變化不斷進行著。

路易斯無言地推動愛麗絲的背，她像過去那樣雙眼閃出光輝。

「嗯，是呢——壞孩子呀，是不會被邀請到茶會上的喲！」

愛麗絲咻的一聲轉動手腕，在半空中造出一只湯匙。她打算在砲擊前殺害拉・克里斯托夫吧。伊莉莎白跟琉特準備走向前方。

然而，就在小小手掌接住銀器的那個瞬間。

「咦？」

滑開。

愛麗絲的手腕橫向滑動。宛如沿著直線移動般，手腕鮮明地被切斷了。

湯匙發出鏘啦鏘啦的聲響，先一步滑落至地板上。伊莉莎白眨了眨眼，琉特也一樣。兩人都沒有在第一時間掌握到發生了什麼事。

愛麗絲似乎也一樣。她眺望噴血的手腕，發出傻氣的聲音。

「咦，咦，怎麼了？雖然不在乎但會痛的事還是會痛的，這是誰搞的？呀！」

「愛麗絲，現在不是喊痛，也不是被疑問所困的時候。退下。」

路易斯一把抓住並收回在半空中飛舞的手腕。他用另一隻手揪住愛麗絲的洋裝後領，將她向後一拖。第二擊掃過直至剛才為止脖子還在的位置，銳利的利刃軌跡撕裂虛空。

那並非是藉由伊莉莎白跟琉特之手所發出的招式，而是「眼熟的」第三者所為。

在不知不覺間，令人懷念的身影阻擋在愛麗絲她們的面前。

那是用黑色破布覆蓋全身的嬌小身影，看不見被隱藏在兜帽深處的臉龐。不過，袖口微微可以窺見短劍的尖端。那也是伊莉莎白很熟悉的逸品。

是在過去，某人用來切斷自身手臂所使用的利刃。

「──『肉販』？」

伊莉莎白茫然地低喃。不會吧——琉特倒抽一口涼氣。然而，影子並未做出反應。它依舊無語，用破布另一側的腳尖踹了地板數次。

紅色血液在地板上奔馳，它們以環狀圍住伊莉莎白等人。花瓣與黑暗奢華地噴至半空中，開始編織出移動陣。立刻理解了狀況後，伊莉莎白咬緊牙根。

（是要讓余等人逃走嗎！的確有必要逃亡，然而！）

拉．克里斯托夫的砲擊前所未有地強大，留在同一個空間必定非同小可。既然回避了他在攻擊前就被殺害的狀況，就應該要逃走才對。拉．克里斯托夫應該也是相信兩人能自行逃脫才做出這個選擇。然而，對這個異樣狀況置之不理也非上策。即使如此，移動陣已經強制性地開始發動了。琉特試圖衝出去。

在那瞬間，伊莉莎白做出結論。她抓住他的肩膀，一把將他拖回旁邊。

「拉．克里斯托夫閣下！……唔，伊莉莎白閣下，為何！拉．克里斯托夫閣下他！」

「不行，留下。現在走出移動陣逃走已經來不及了。雖然不會曉得發生了什麼事，也無法確認是何人所為……不過不能再失去優秀的人材了。」

「可是！」

「拉．克里斯托夫是屍體。如果理由只是『想救他』的話，就捨棄他吧。這樣只會徒增犧牲喔。」

伊莉莎白冰冷地如此斷言，琉特咕的一聲靜默了。被她抓著肩膀的他，就這樣咬緊牙根留在原地。在這段期間內，伊莉莎白也一直注視著黑色背影。

身穿破布的人物略微屈身，嬌小人影做出探頭望向拉．克里斯托夫的動作。聖人似乎看見兜帽裡的內容物。殘存的右眼瞪得大大地，然後向外綻放。

他在即將崩壞的臉龐上浮現醜陋微笑。

拉．克里斯托夫有些鬆口氣地低喃。

「啊啊……是……你…………嗎……」

雖然斷斷續續，聲音卻很安穩。在下個瞬間，他的右眼從內側急速膨脹、破裂。腐敗液體與鮮血有如淚水般流下臉頰。伊莉莎白將視線移向愛麗絲。

她仍在努力地試圖接上被切掉的手腕。拉．克里斯托夫的身軀已經撐不住了，機會只有現在。然而，他正意識朦朧，因此伊莉莎白開了口。

明知這聲呼喚意味著拉．克里斯托夫的死。

「拉．克里斯托夫！」

「……沒……錯，好好地，告訴了我……就此，結束吧。」

「拷問姬」要即將逝去的人去死。

拉．克里斯托夫張開嘴巴。下個瞬間，他用難以置信的流暢動作移動舌頭。拉．克里斯托夫將確切的意思灌入其中，替禱詞做結尾。

用荒謬愚昧、又不可能實現的祈禱話語做總結。

「【——一切，必將得救。】」

在那瞬間，拉·克里斯托夫的背部破裂。脊椎與肌肉被轟飛至空中，超越人類聽覺音域的聲音撼動空氣。某物脫去名為拉·克里斯托夫的「籠子」，振翅而飛。

兩對金色羽翼展開。

曾經由拉·謬爾茲驅使的巨鳥現身。

有如礙事般被彈飛的內臟從天而降，紅色牆壁覆蓋伊莉莎白的視野。

即使如此，她還是明確地看見了。

花費一生祈禱與奉獻的男人，其末路難看無比又殘酷，卻又意外地平和。

拉·克里斯托夫靜靜闔上勉強殘留下來的眼皮。

用不曾懷疑祈禱是否會上達天聽的臉龐。

用少年仰望星空般的表情。

微笑著心想——

神是存在的。

亞古威那・耶雷法貝雷多的事後記述 ✦✦✦

我覺得自己一定得將那個衝擊性的光景記錄下來才行。
它是既美麗、又醜惡的光景。
同時也是令人信服神之威光的事物。
原來如此，在人類的漫長歷史中，「聖女」信仰持續至今的背景下，會定期性地出現這樣的犧牲吧。
聖人獻上肉身的神獸召喚。
那幅光景，足以讓羊群們深刻體會到不應存於世上之物的可怕與高貴。血肉飛散，骨頭舞動，產下神獸。
只要是目睹這幅光景的人，就會相信「天上有神」吧。
然而，終焉時就已經確認神跟惡魔都是實際存在的，因此事到如今也沒有什麼意義。
正是如此，很遺憾，只是尊貴並不具備任何意義。
如今吾等所為之事，就只是連神跟惡魔都要利用透徹的生存競爭。在集結了魔術技能精粹的戰鬥中，不論是多麼高貴的神獸，如果不能一擊就將敵人殺光到灰飛煙滅的話，那就沒意義了。
——啊啊，不過，我是不會忘記的。
善的意義，跟惡的意義都是。
他的死狀，那句話語，想要一顆星星。多麼荒誕的心願啊。
如果活著的生者，所有人的心願都只是這樣就好了。
我一邊收集破碎四散的小小手足，一邊深深悲嘆。
然而，我並不後悔。
是的，連一絲一毫都沒有。
畢竟我是——無恥的背叛者。

11 她的低喃

「……父親，大人？欸，父親大人？」

「愛麗絲，現在沒必要勉強自己說話。妳很習慣痛楚，不過就算是妳應該也很難受才對。」

「不，沒關係的……不說話心裡靜不下來……真慘呢，真的很慘。黑魔術真是被神聖生物剋得死死的。明明使用了『蛋男』，我的手腳還是變得支離破碎。簡直像是鵝媽媽的『死了一個男子』一樣。不過能撿回一條命真是太好了。畢竟父親大人毫髮無傷……是這樣子的吧？沒有受傷吧？」

「嗯，託妳的福得救了。所有人都會誇獎妳，說妳是一個我不配擁有的好女孩吧。」

「呵呵，那就，好……有父親大人的誇獎，愛麗絲好滿足。沒事的。不過，蜥蜴人也偷偷一起進入蛋內，所以厚臉皮地平安無事，真是可恨呢。」

「他好歹算是吾等的協力者，就寬待一些吧。」

「真是，沒辦法呢……欸，父親大人。父親大人想要朋友嗎？」

「……為何妳會這樣想呢？」

「因為您似乎想要那個人的理解……所以我想說是不是想跟他當朋友。」

「是啊……不過我看走眼了。他是被剝奪者，卻無法期待能夠互相理解。」

「絕對不可能跟我們變成朋友的吧，我跟他實在是差異過大的存在。」

「……是這樣子，的呢……真寂寞……吶。」

「妳一定也覺得很遺憾吧，沒能跟她當上朋友。明明是那麼期待的。」

「啊，就是這個！對呀，伊莉莎白好過分喔！又是突然生氣，老是說莫名其妙的話！明明覺得她可以理解我的痛苦的說，這是為什麼呢？」

「這是當然的吧。因為從她的角度來看，妳的存在是在理解的範疇外吧。」

「閉嘴，蜥蜴傢伙。下次再擅自開口，我就砍下你的腦袋！不過，是呢……或許她誤會了。」

「……誤會……嗎？」

「就算要搭話，也已經離太遠了呢……不過，妳漏看了喔。是一樣的，伊莉莎白。我跟瀨名櫂人只是站的地方剛好相反而已，正義跟邪惡都是會輕易變動的事物喔。」

「妳一定也會明白這件事的。」

「一定，很快就會的。」

＊＊＊

燃燒的金色光景被紅色牆壁覆蓋。

伊莉莎白的視野被血色填滿。不久後，牆壁表面出現細小裂痕。尖銳聲響傳出，它們同時破碎四散，之後擴展在眼前的是熟悉的光景。

這是建造在樹木巨大洞穴裡的整潔房間。鋪平的地板規規矩矩地排列著數張床鋪。樹藤開著小花朵，有如窗簾般從天花板垂下。

這是暫時設置在世界樹裡的臨時診療所。

避開終焉後，為了防範前所未有的災難，此處仍然作為因應策略營運著。

周圍充滿具有消毒效果的氣味，然而卻不只如此。

是有著鐵鏽腥臭的──鮮血氣味。

伊莉莎白迅速地朝四周張望，床鋪之間散落著點點血跡。傷患們僵在角落，他們用驚恐視線望向突然出現的伊莉莎白等人。

（究竟發生了什麼事？）

是發生了什麼事，然後又結束了嗎？

髒掉的地板周圍有數名治療師。他們用乾淨的布片遮著嘴巴，就這樣打掃著。有一人抬起臉龐。向驚慌的其他治療師下達指示後，她走到伊莉莎白等人面前。拿掉嘴上的布片後，山羊頭女性冷靜地低喃：

「琉特，沒料到你會用這種方式回歸呢。應該只有得到世界樹本身許可的人，才能從內部進行轉移或是反其道而行……壓根兒就想不到你會突然出現。」

「艾茵？妳也從派遣地那邊回家了嗎！還有，這些血……究竟發生何事！」

是琉特之妻，艾茵。她說出口的話語讓伊莉莎白皺起眉毛。沒錯，身為「森之三王」住居的世界樹內部，不是可以輕鬆入侵的場所。然而，伊莉莎白他們卻被直接傳送至世界樹內部，被穿著打扮很像「肉販」的人物傳送。

（換言之……可以說那個人取得了世界樹的同意嗎？）

「亞人一行看起來疲憊不堪，所以讓他們前往世界樹避難了。說是要立刻返回……而且，我也聽說了獸人遇襲的細節。這是需要優秀治療師的事態，因此我盡快返回了，不過……如同這幅光景所示，我遇上了莫名其妙的事。」

「發生了什麼事？艾茵，妳有受傷嗎？」

「就算是我自己受到的傷好了，你覺得我會放著傷勢不管嗎？」

「不，沒這種事呢……既然如此，是誰——」

「——有一部分亞人反叛了嗎？」

伊莉莎白打斷琉特的問題如此詢問，琉特肩膀倏地一震。

根本用不著思考，這是理所當然的結果。決定要反叛三種族的人，在亞人之中不可能只有亞古威那・耶雷法貝雷多一人。而且世界樹是易守難攻的構造。

此處沒有預設會從內部受到進攻。這是亞人種第一區域居民與王族，以及高官等人前來緊急避難所導致的結果。對反叛者而言，這是絕佳的機會。就算不容易好了，只要引發混亂成功捕縛「森之三王」就會有勝算。然而……

「艾茵像這樣在打掃，就表示成功避開了最糟糕的情況。」

「看樣子您似乎已經明白了。在轉移後，帶領亞人前往滯留者專用區域的路上突然發生反叛。他們抓住趕過來的人之王，開始進攻下半部。其中有數名為了阻止追兵的腳步而選擇自爆——不過，在點火前從火種那邊切除了炸藥。是伊莎貝拉・威卡閣下，跟貞德・多・雷閣下大顯身手立下的功。」

余想也是如此——伊莉莎白點點頭。雖然一遇到跟伊莎貝拉有關的事就會變成平凡人，但貞德對事物的掌握力與應對方式既冷靜又一針見血。要讓她心神大亂是很困難的事情。

就算曾是保護對象的人質反叛，貞德也只會不由分說地將其擊潰。

「王被救出來了。主戰場是貴賓室周圍，不過被搬運到治療室的數人也以病患為人質試圖行使武力，所以進行了適當的處置。」

「嗯？也就是說，這裡的慘狀是你們搞的？」

「不用擔心，主要是流鼻血。雖然有幾個人吐血，但內臟並未受損喔。」

艾茵輕描淡寫地回應。獸人治療師不會使用魔術，相對的卻擅長藥草術，而且也熟知三種族的身體構造。另外，雖然伊莉莎白不知情，不過大概是為了在戰場時可以應付突發狀況，他們也累積了一定程度的訓練。是在夫妻吵架時曾經領教過嗎，琉特露出了很痛的表情。這也可以說是不幸中的大幸吧。

然而，艾茵的眼眸卻罩上陰霾。

「不過，接下來就很複雜了……因為不是所有亞人種都背叛了。」

「……不是所有人？」

「沒被告知反叛行動的亞人有很多，以婦孺跟王的血族為主。是吧？」

「嗯，他們方寸大亂，甚至希望我方給予庇護，真是無法理解。現在反叛者大多被關入牢內——對計畫不知情的人們，統一被綁縛在廣場那邊。關於他們的處置，就連『森之三王』大人都難以做出判斷。」

艾茵的話語令琉特露出困惑表情。然而，伊莉莎白卻領悟到內部分裂的理由。也就是說，「純血主義」連亞人種都感到無言。以亞古威那為中心的反叛者們為了防止第一級・二級的純血民全滅，對一部分的同胞隱瞞了人質的情報與背叛的要求。這是認定獸人會放過沒參與背叛行動的人們一條性命所做出的判斷。

如此一來，就算混血種們敗亡，也能留下種族的「根」。

伊莉莎白想起亞古威那的話語。

『保護純血與維持種族尊嚴有關——不，沒有其他方式。我是這樣想的。』

亞古威那思考的畢竟不是個人的幸福，而是整體的尊嚴。他的家人被抓去當人質，而且對方又提議對自身種族信念有幫助的背叛要求。

不論是誰，都沒理由拒絕。

（從亞人的角度來看，亞古威那的選擇是「正確之物」。然而卻很醜惡又沒道理——即使如此，那傢伙也不會就此停手吧。）

伊莉莎白思考之際，琉特掛著複雜表情低喃。

「伊莉莎白閣下，我去大牢那邊確認一下。另外，也得告知諸位皇族以及『森之三王』亞人的背叛與吾等持有的情報。」

「嗯，是呢……有必要報告。余不適合跟三王面談，你去吧。」

「那就失禮了……艾茵，妳沒受傷真是太好了，之後再談。」

向最愛的妻子搭話後，琉特邁開步伐。眺望那道背影後，伊莉莎白忽然察覺一事。為何亞古威那要讓琉特同行呢？首先，利用伊莉莎白的部下，也是為了讓兩人大意趁其不備吧。的確，他的企圖成功了。

然而，還有其他重要理由。亞古威那不是透過伊莉莎白，而是將現況的情報給予琉特這名獸人，並且向他表示自己的判斷吧。這是提問。

（混血種引發叛亂。人類被背叛了。亞人背叛了——那麼，獸人呢？）

他們殺害了兩名皇女。然而，就算不幫助混血種，也有可能用加入亞人的形式參戰。不同於村莊遭到控制的亞人，獸人沒有明確的理由要摻上一腳。正是因為如此，亞古威那親身向琉特表示了未來的隱憂。

人類引發了悲劇。明明是這樣，他們與其他種族的勢力差距今後也只會不斷擴大。在許久許久之後，少數派會不得已地被吸收。既然如此，由混血種支配，還是由人類支配。哪一邊會好一些，必定得做出選擇才行。

人類是沒有自覺的排他主義者，其他種族已經有了如此認知。

（究竟獸人會選擇哪一邊呢？）

伊莉莎白凝視琉特遠去的背影，無言地握住拳頭。

＊＊＊

來聊聊吧。

這是一個美麗的童話。

三年前，世界殘酷地迎來終焉。然而，應該誰都無法改變的命運，卻被一人之手顛覆。成就這份奇蹟般的偉業的人物，並非英雄也不是勇者。

是飽受虐待而平白死去，來自異世界的轉生者。

得到第二次的生命後，原本身為異世界人類的少年，不斷累積時而殘酷、時而尊貴的經驗。就這樣在克服了種種戰鬥後，他得到龐大魔力幫助了自己的重要之人。

順便拯救了世界。

以自己作為犧牲。

少年背負「神」與「惡魔」，在【世界的盡頭】入眠了。在他的活躍下，生者平安無事地免於終結。可以說最大最多數的幸運，無疑是世界的幸福吧。

這是憧憬與愚行，還有愛的故事。然而，就算某人的故事結束，還是有其他事物會延續下去。壽命延長的世界就像這樣依舊健在，既然如此，下一場戲的開幕鐘聲就會重新響起。

就是這麼一回事。

然而，新故事裡的一切——

（——全都很醜惡。）

風猛然拍擊伊莉莎白的臉頰，她站在露臺上。

這是利用在世界樹裡面也大大向外突出的枝幹而設置的場所。她在那邊無言地眺望外面。包圍世界樹的森林上殘留著一道巨大傷疤。那是終焉時弗拉德弄上去的東西。他依舊是個胡來的男人。

儘管內部亂成一片，外面卻很平靜。鳥群飛在淡藍色的天空上。

天色已亮，在安穩的寂靜裡，伊莉莎白開了口。

「那麼，妳為何要跟過來呢？」

「天曉得……我自己也沒辦法好好地解釋。」

在不知不覺間，艾茵站到了伊莉莎白旁邊。她是從治療室那邊一起走過來的。拿掉嘴上的布片後，艾茵用著跟人類不一樣的眼睛眺望天空。

有好一會兒響起的只有鳥鳴聲，不久後她喃喃說道：

「是那天發生的事。我對著『現在的你是你，但看起來又不是你』的那個人詢問『還好嗎』。他笑著回答『沒事的』，並且表示不論發生什麼事，自己都依舊是自己……當時是否應該阻止他，身為治療師至今我仍然無法做出判斷。」

「……這樣啊。雖然不知道是誰，但似乎是一個挺愚蠢的男人。」

「嗯，所以或許我才來到這裡也不一定。我是這樣想的。」

「這是為何？話題沒共通點喔？」

「因為妳跟那個人很相似。雖然重重傷害，又放棄了某物，卻又不能失去重要的事物。雖然他是『無罪之魂』，而妳是『稀世罪人』，但眼神卻是一樣的。再來就是……」

「再來？」

「雖然很突然，但我有了小孩。」

「啥啊啊啊啊？」

伊莉莎白不由得發出高八度的怪聲。停在世界樹上的鳥兒們啪沙啪沙地振翅而飛。至於艾茵，她依然保持著冷靜。伊莉莎白驚訝地嘴巴一張一闔。

「不，等一下。這個嘛，不管怎麼想都應該在余之前先告訴琉特吧。」

「發生了什麼事，雖然還不知道詳情，但是……」

艾茵打斷伊莉莎白的話語，繼續說話。她緩緩撫摸自己的腹部。

伊莉莎白瞇起眼睛。獸人皇女被殺，亞人背叛。艾茵知道的情報就只有這兩個。然而，她充分地察覺到平穩時光崩壞了吧。艾茵有如祈禱般低喃。

「希望這世界能變得可以讓這孩子笑著過日子的世界。」

『連稚子眺望天空作白日夢的日子都會消失的沉重，你有承受過嗎？』

艾茵之所以如此述說，是因為「拷問姬」跟【狂王】很相似的關係吧。

她無意識地希望——與曾經守護世界的人很相似的那個對象，能跟自己有相同心願。

而且對伊莉莎白來說，艾茵的話語聽起來跟拉·克里斯托夫的聲音重疊了。

伊莉莎白短促地倒抽一口涼氣。事態渾沌不明，不知獸人會選擇哪一條道路。人類很愚昧，就最終結果而論什麼才正確，就連「拷問姬」也無法做出斷言。然而——

（在復仇的盡頭，被強制平均化的世界會有失去的事物。）

「抱歉，余有一些話要跟琉特說。」

在憎恨之後，是有事物會無法成長茁壯的。有如發病般領悟此事後，伊莉莎白打算轉向後方。隨即，艾茵猛然抬起臉龐。伊莉莎白也因為不好的預感而停下腳步。

啪沙啪沙，沉重羽音響起。下個瞬間，天空被無數黑影覆蓋。

數千隻鳥兒們一起振翅而飛。簡直像是暴風雨，看起來也像是烏雲遮去了天空。這是異樣的光景，絕對不是自然生成之物。鳥兒們害怕、發抖、感到恐懼。

而且，在無數黑影之中。

堂堂正正的聲音朝天空轟然響起。

＊＊＊

『聽好，諸位！

這是對在諸位逼迫下過著的屈辱人生所發出的悲嘆控訴。是被逼上的那條殘酷絕路發出的怨懟吼叫。同時也是讚歌。吾等已經厭倦唉聲嘆息了。既然如此，就只能去享受暴虐。跨越心灰意冷跟自暴自棄後，吾等終於得到答案。到達這個境界前，吾等受到了何種對待呢，諸位甚至無法想像吧。

諸位只看自己想看的東西，只聽自己想聽的事情。

因為弱小才能學到的機會也有很多。然而，諸位卻冥頑不靈地維持著無知。許多人犯下究極的愚蠢行徑。這種愚昧，這種殘酷由誰寬恕？

為何非寬恕不可？

老是只有我們，一而再、再而三地。

我曾經是這樣想的。如果世界要迎來終焉，那就這樣也是可以的。就將吾等承受的暴虐，視為死亡恐懼造成的暫時性錯亂而加以容許吧。

然而，惡魔跟神都不揮落鐵槌的時候——就由我來揮下。

將整個世界納入掌中，然後將愚昧之徒悉數殺掉。不需要什麼意義，正義也已經死去。事到如今，有誰還會尋求這種正直的事物？反正不論我是否能夠成事，結局都不會改變。救贖之類的事物不會造訪諸位，不論是誰都一樣，就連我也是。

對神的大慈大悲已不再期待。

沒有其他條路可以選擇了。』

『烏雲掩日——開始互相廝殺吧。』

『吾等混血種——要反叛諸位。』

＊＊＊

「——裁決之槍（Longinus）。」

伊莉莎白啪的一聲彈響手指。

一柄長槍比雷電更加迅速地墜向鳥群，簡直像是來自上天的裁罰。伊莉莎白準確無誤地刺穿混雜在黑影中的通訊裝置。它發出刺耳噪音落至地面。

宣告停止了。然而路易斯的話語傳到了聚集在世界樹的人們，所有人的耳朵裡吧。

伊莉莎白緊緊握拳，宣言到此結束。

戰爭的導火線被點燃了，前戲結束。在避開終焉、得到救贖的這片土地上，新的舞臺正式開幕。藉由【復仇者】之手，世界的變革開始了。

處罰終於追上了罪行。

（被殺的人當然會怨恨。）

寬恕之日永遠不會到來。宛如理所當然般，被害者有權詛咒、怨恨、憎惡世界。然而，伊莉莎白讓指甲掐進掌心。此時，背後響起耳熟的聲音。

「妳在這裡嗎，伊莉莎白閣下！有聽見剛剛那些話嗎？行動得比料想的還快！」

「這宣戰布告意外地堂堂正正呢，還想說他們行事會再隱密一些就是了。總之，獸人跟人類要舉行會議……小姐？【是怎麼了，這表情不像是妳喲。】」

伊莎貝拉跟貞德衝到這邊。看樣子聽聞宣誓後，兩人就先過來找尋伊莉莎白了。然而，伊莉莎白卻保持靜默。她眺望取回寂靜的森林。有如要確認遙遠的世界盡頭般瞇起眼睛後，伊莉莎白開了口。

「嗯，的確有那個必要吧……不過，希望能給余一點時間。到會場安排好為止還有時間吧？余在必要時刻來臨前會回來的……不，果然還是……」

伊莉莎白將視線望向艾茵，她有事情應該要告知琉特。然而在回望那對紅眼後，艾茵卻搖了搖頭。她再次緩緩地輕撫單薄的肚子。

「妳想的事情似乎跟我的想法很類似。有想要去的地方就請去吧，我會先跟他說一聲的。而且，如果不是由我親口告知懷孕一事，那個人是會昏倒的。」

「唔，琉特該怎麼說呢，確實有這種大驚小怪的地方……那就拜託了。」

簡短地點頭後，伊莉莎白邁開步伐。伊莎貝拉納悶地凝視她，然而卻沒有試圖阻止。伊莎貝拉咬住唇瓣思考著些什麼，她在徹底變貌，卻仍是美麗的容顏上浮悲痛神色。雖然面無表情，貞德仍是擔心地詢問。

「我的妳……怎麼了嗎？」

「抱歉，我想起有事要辦。在集會前我得先去一個地方，妳待在陛下身邊。」

「不，我也一起去吧。【因為老子已經是妳的東西了。】」

「有這份心我很感激，不過請讓我獨自過去……絕對別跟過來。」

明確地如此斷言後，伊莎貝拉也邁出步伐。她越過伊莉莎白，離開了現場。

伊莉莎白微微回頭，黃金拷問姬大感愕然。突然，她有如斷線人偶般癱坐在地。貞德做出過分盛大的反應，同時低喃。

「我該不會已經被甩掉了吧？【咦咦……真的假的啊，喂。】」

「雖然不知道詳情，但這樣判斷有點太早了吧？」

艾茵開始安慰貞德。伊莉莎白一邊聽這個聲音，一邊再次邁步。她取出寶石，用手指輕彈它。移動陣在地板上發動了。

紅色花瓣與黑暗四散，有著鮮血色彩的圓筒狀牆壁完成了。

當它破裂後，已不見「拷問姬」的身影。

伊莉莎白再次消失在獸人之地。

＊＊＊

她出現在沒有黑夜也沒有白晝的場所。

是由雪與水，風跟魔力構成的清淨之地。

頭頂是一片虹彩布幕搖曳的乳白色天空，那兒沒有太陽也沒有月亮。四周一味地美麗，而且虛無。纖細的結晶從天而降累積在地面上，伊莉莎白喀沙喀沙地走在上面。

不久後，已經走過無數次的光景出現在她面前。

用樹藤編織而成的兩根柱子，有如巨人屍體般倒下。
兩柱互相疊合，支撐著彼此，在中央完成狀似神殿的洞穴。
空間被殘留在樹藤上的紅色薔薇與藍色薔薇妝點著，伊莉莎白在那邊坐了下來。
她緩緩放鬆身體。咚的一聲，伊莉莎白的背部撞上結晶。
如同昔日般，她輕輕閉上眼皮。

在結晶中，兩名人物沉眠著。
他們維持靜默，就這樣浮現著不變的微笑。

結晶又硬又冰冷，被透明牆壁隔開的咫尺之遙比世界盡頭還要遙遠。
瀨名櫂人既非「拷問姬」也不是「聖人」或是「狂王」，他就只是一名少年。然而，如今他卻背負起原本跟他毫無關係的整個異世界，與新娘一同沉眠著。

伊莉莎白是這樣想的。那個少年知道生者的醜惡，理解就算在異世界一切也沒有改變。即使如此，世界依然美麗，因為有重要之人活著。所以，要加以保護。一名少年如此誇下海口，在自己臨終前微笑。

人們說，要消除那抹微笑的意義。

（不論是誰，大家都是一樣的。當然，余也是喔。）

如同豬玀般醜陋無比。

人類犯錯，多數人旁觀，混血種動手復仇，皇女高傲地死亡，亞人男性為了自己的重要之人而背叛世界，聖人代表相信神與一切就這樣死去。

然後，生者變得疑神疑鬼，打算開始一場新的戰爭。

今天世界也真的很正確地轉動著。

人類跟亞人還有獸人與混血種都一樣。不是看向個人，而是著眼於集團的話，任何一個種族都不值得信賴。即使如此——

即使如此？

「欸，櫂人——」

伊莉莎白望向前方，就這樣低喃。「拷問姬」決不回頭。

即使如此，她像是要從心臟淌下一滴血似的低喃。

「——世界這玩意兒，果然還是結束掉比較好吧？」

沒傳來回答。

在結晶裡，拯救世界的人們就只是繼續微笑著。

後記

季節轉涼了呢，在第六集卷末預告中表示下一集是夏天的人是誰呢？是綾里這個王八蛋，真是沒臉見各位。這次非常感謝各位購買《異世界拷問姬》第七集。開始執筆寫第六集後就發生了諸多意想不到的事件，再加上疲勞累積，因此我病倒了。我想說如果可以隨時與責編進行討論，在充裕的時間下或許就能不偷工減料地完成小說本身的內容。雖然對等待後續的讀者們做了非常對不起的事情，還是萬分希望本書能夠帶給各位樂趣。

那麼，由於篇幅之故，請恕我唐突地進入致謝單元。賜予完美畫作的鵜飼沙樹老師、站在我的立場替我著想的O責編大人、充滿愛意完成漫畫化令我萬分感激的倭ヒナ老師、相關工作人員，重要的家人特別是姊姊，在此向各位致上謝意。

最重要的是，等待第七集發售後將其購入的諸位讀者，真的很感謝大家。如果不介意的話，希望能一直奉陪到等待在這之後的結局。

在一個怨嘆與一個邂逅的前方——

有著什麼呢？或是空無一物呢？

後序・也是他們的序言

在水井底部，結城紗良作了夢。

細瘦手臂上有無數燒燙傷。被折斷的手指依舊僵直，被投下去時右半身變形，眼球變得白濁。這樣下去的話，她的屍體一定不會被找到的吧。第四個父親還有死黏著他不放的母親會說紗良不曉得跑去哪裡了。

簡直是前往「仙境」的愛麗絲似的。

消失在好遠、好遠的地方。

在沉重又漫長、被拖長的痛苦時間中，她茫然地仰望天空。雨水降下，堵住氣管，連蟲子進入嘴裡的感覺都變得不曉得了。不想死——雖然一瞬間如此心想，但年幼的她連自己感覺到的情感是對現狀的恐懼，還是對生命的執著心都不懂。

結城紗良的生命漸漸消逝。就在此時，應該是一片漆黑的視野竄出光芒。

它就像是曾經耳聞的走馬燈。

然而卻是全然不同的，邪惡事物。

放眼望去，眼底盡是死掉的莫名生物們。

有好多、好多、好多像是人體混雜著蜥蜴或是狗的生物被丟棄在這裡。他們都死掉了。所有人都肚破腸流，四肢被扯下，連耳朵眼球還有牙齒跟舌頭都失去了。死屍們甚至沒剩下半點身為生者的尊嚴碎片。

有人在這座山前面哭泣，他發出聲音，一個一個的輕撫屍體。

他的臉龐醜陋地令人吃驚。右側是蜥蜴，左側是人類。然而，那上面卻洋溢著深切幽遠的悲傷，看起來比紗良雙親的臉龐更像是「人類」。哭泣聲長長地，長長地持續著。

然而，他卻有如哭膩般突然停止哭泣。

金色眼眸望向紗良，她同時倒抽一口涼氣。

他的表情並非被害者之物。

在他眼中，燃燒著殺意與憤怒，嘴畔貼著扭曲笑容。紗良恍然大悟，他壞掉了。領悟到他跟自己一樣「被弄壞了」。

此時，某種壓迫感十足的聲音響徹現場。

——惡魔跟神都不揮落鐵槌的時候……

——既然如此，就由我來揮下。

就在此時，剛好咚的一聲。

就像作為信號的鐘聲敲響似的，紗良的心臟停止跳動。

應該被殺掉的少女，結成紗良緩緩睜開眼睛。篝火灼燒雙眼，回過神時，她人已經在石造房間裡面了。她啪嚓啪嚓地眨眨眼睛，面前站著方才看過的那個畫面中的男人。只不過，如今的他戴著被切掉一半的面具。

那對眼眸中沒有以前那樣的激情，有的只是一片空虛。

他忽然張開薄唇，黑衣男直勾勾地凝視紗良如此說道：

「被殘忍又淒慘地殺害的無罪之魂啊——從今而後，妳就作為吾等的武器而活吧。」

那是不由分說的語氣。然而，紗良不解其意。她只是感到一片混亂。就在此時，黑衣男搖了搖頭。他用著像是被某物附身般的感覺低喃。

「不是，吶。不是這樣的。總算是，過來了……終於，呼喚成功了。受傷的靈魂，純潔無瑕的異世界之人啊。吾等的希望，吾等的祈願，吾等變革世界的鑰匙啊。」

黑衣男當場跪下，紗良察覺到一件事。

他無法撐住發抖的身軀，男人在哭泣。他用脫落了數種感情的臉龐就這樣流著淚。他完全沒有解釋狀況或是進行任何說明，有如依賴般懇求。

「妳是肯當的吧？肯成為我們的希望吧？我等了很久——我一直、一直在等妳。『來自異世界的轉生者』啊，無限的容器啊。」

能見到妳真的很開心。

黑衣男如此說道。

對結城紗良而言，這樣就足夠了。

她輕輕伸出手，然後紗良——不，如今什麼人都不是、已經死去的少女緊緊擁住男人。他身軀一僵，她有如要解開悲傷般溫柔地低喃。

「是你呼喚我的吧？邀我前來『仙境』……嗯，可以的喔。我，會為了你而活。不論是希望或是喜悅，什麼我都會當的。不過啊，就只有一件事。」

武器什麼的我不太懂。如果能當的話，我想當你的女兒呢。

她如此露出微笑。當然可以——男人做出回應。

這裡有一個邂逅，孤獨少女與孤獨怪物的邂逅。

來說說話吧，希望你務必不要忘記。

不論以後的未來發生何事，這個事實請務必銘記於心。

這是被殘忍殺害的少女，以及被人類殘酷殺掉的怪物的故事。

也是被雙親捨棄的小孩，與決定要破壞世界的復仇者的故事。

是懺悔與憎惡還有夢想——

就只有這些而已。

是救贖的——故事。

爆肝工程師的異世界狂想曲 1~18 待續

作者：愛七ひろ　插畫：shri

為了讓亞里沙等人獲得自由之身，
佐藤解開財力束縛！

佐藤一行人擊敗襲擊王都的魔神產物、成功讓王櫻盛開，平安地迎來新年。不僅如此，還獲得新的獨特技能、成功晉升為子爵，並受邀前往王立學園。這時，他們得到「祈願戒指」即將出現在王都拍賣會上的消息，於是佐藤決定拿出所有財產將其買下——！

各 **NT$220~280/HK$68~93**

14歲與插畫家 1~5 待續

作者：むらさきゆきや　插畫、企畫：溝口ケージ

被理想、現實還有欲望耍得團團轉！
插畫家們最真實的日常生活第五集登場！

在白砂的提議之下，悠斗等人決定前往南島度假。為期三天兩夜，享受大都市沒有的自然美景和美食。在游泳池和茄子小姐游泳、在白砂的老家享用魚料理，又在深夜和瑪莉討論工作！乃乃香則是和牛嬉戲，享受混浴露天溫泉。

各 **NT$180~200/HK$55~67**

里亞德錄大地 1~4 待續

作者：Ceez　插畫：てんまそ

守護者之塔藍鯨的MP即將枯竭，
葵娜制定作戰計畫設法幫助它。

葵娜為了讓露可見長女梅梅，帶著莉朵和洛可希努再次前往費爾斯凱洛。待在費爾斯凱洛時，煙霧人型守護者告訴葵娜有個守護者之塔維持機能的MP即將枯竭，希望她幫忙。這個守護者之塔竟然是在水中移動，身長超過一百公尺的藍鯨……？

各 **NT$250~260/HK$83~87**

歡迎來到實力至上主義的教室 二年級篇 1~2 待續

作者：衣笠彰梧　插畫：トモセシュンサク

牽涉所有年級的無人島野外求生考試，
其前哨戰——獲得人才之戰開打！

綾小路避開了一年級新生設下的圈套，然而數學考試拿滿分帶來的影響逐漸擴大……眾多變化之下，學校宣布於暑假舉行全年級競爭的無人島野外求生考試。比賽為團體賽，作為前哨戰，學校允許在登島前組隊，於是展開了牽涉所有年級的搶奪人才大賽！

各 **NT$240/HK$80**

國家圖書館出版品預行編目資料

異世界拷問姬/綾里惠史作；梁恩嘉譯. -- 初版. --
臺北市：臺灣角川股份有限公司, 2021.04-
冊；　公分. -- (Kadokawa fantastic novels)
譯自：異世界拷問姬
ISBN 978-986-524-341-8(第6冊：平裝). --
ISBN 978-986-524-943-4(第7冊：平裝)

861.57　　110002081

Kadokawa
Fantastic
Novels

異世界拷問姬 7

（原著名：異世界拷問姬 7）

2021年11月29日　初版第1刷發行

作　　者：綾里惠史
插　　畫：鵜飼沙樹
譯　　者：梁恩嘉

發 行 人：岩崎剛人
總 編 輯：蔡佩芬
主　　編：朱哲成
美術設計：黃永漢
印　　務：李明修（主任）、張加恩（主任）、張凱棋

發 行 所：台灣角川股份有限公司
地　　址：104台北市中山區松江路223號3樓
電　　話：（02）2515-3000
傳　　真：（02）2515-0033
網　　址：www.kadokawa.com.tw
劃撥帳戶：台灣角川股份有限公司
劃撥帳號：19487412
法律顧問：有澤法律事務所
製　　版：巨茂科技印刷有限公司
ＩＳＢＮ：978-986-524-943-4